ESPASA
JUVENIL

ESPASA JUVENIL

País de dragones
DAÍNA CHAVIANO

Ilustraciones de Rapi Diego

160

[firma: Daína Chaviano]

ESPASA

ESPASA JUVENIL

Directora de colección: Nuria Esteban Sánchez
Editor: Iñaki Diez de Ulzurrun
Diseño de colección: Juan Pablo Rada
Ilustraciones: Rapi Diego
Realización de cubierta: Ángel Sanz Martín

© Espasa Calpe, S. A.
© Daína Chaviano

Primera edición: abril, 2001

Depósito legal: M. 2.184-2001
I.S.B.N.: 84-239-6346-2

Reservados todos los derechos. No se permite reproducir, almacenar en sistemas de recuperación de la información ni transmitir alguna parte de esta publicación, cualquiera que sea el medio empleado —electrónico, mecánico, fotocopia, grabación, etc.—, sin el permiso previo de los titulares de los derechos de la propiedad intelectual.

Espasa, en su deseo de mejorar sus publicaciones, agradecerá cualquier sugerencia que los lectores hagan al departamento editorial por correo electrónico: sugerencias@espasa.es

Impreso en España/Printed in Spain
Impresión: Huertas, S.A.

Editorial Espasa Calpe, S. A.
Carretera de Irún, km 12,200. 28049 Madrid

Daína Chaviano *(La Habana, Cuba) publicó su primer libro,* Los mundos que amo *(premio Nacional de Literatura David, en el género de ciencia-ficción), cuando aún era estudiante de Lengua y Literatura Inglesa en la Universidad de La Habana, donde se graduó poco después. En la isla publicó varios libros más, antes de emigrar a Estados Unidos en 1991.*

Sus obras más recientes son El hombre, la hembra y el hambre *(premio Azorín de Novela, 1998) y* Casa de juegos *(1999).*

País de dragones recibió el premio Nacional de Literatura Infantil y Juvenil «La Edad de Oro» (Cuba) en 1989.

Índice

Tocata y fuga para una dragona 11
La ciudad silenciosa 21
Piedra de vida 31
Un país llamado Otoño 43
El dragón que cantaba azul 57
Diario de un alquimista 65
La Doncella de Fuego 75
La voz de la isla 87
Sombra hechizada 99
El hombre con el rostro de plata 107
El guardián de los molinos 117

Tocata y fuga para una dragona

En el inicio de los tiempos, los dragones vivían dispersos por el mundo. Hubiera sido imposible reunirlos en un mismo lugar, pues su número debía contarse por millares. No era como ahora, cuando quedan tan pocos que apenas se dejan ver. Estas son leyendas del tiempo en que los seres humanos y los dragones vivían juntos. En aquella época, las fronteras que hoy separan las naciones no existían. El mundo era un inmenso país de dragones.

HUBO un tiempo en que los dragones vivían cerca de los hombres, hace siglos, cuando la Montaña Draco no había sido descubierta y los dragones aún no tenían una morada propia ni un reino sobre la Tierra.

En aquella época, detrás de una cascada, se ocultaba la gruta de una dragona roja que vivía en la más absoluta soledad. Nadie conocía las razones de su aislamiento, pero eso no es importante. Aunque otros de su misma especie la habrían hallado hermosa, la dragona sabía que su presencia bastaba para aterrar a cualquier humano. Su cuerpo estaba cubierto de placas, semejantes a escamas de color dorado. Tenía garras que hubieran podido detener los ataques más furiosos, y una larga cola que habría agitado como un látigo en caso de lucha. Pero ella era una dragona dulce y pacífica que jamás podría dañar a ningún ser vivo. Existía para admirar la naturaleza y ser admirada por ésta: pájaros, fieras y animales domésticos quedaban sobrecogidos ante su presencia, en las raras ocasiones en que se exponía a la luz.

Una tarde de otoño, mientras las aguas se cubrían de hojas amarillentas, la dragona escuchó la melodía de un trovador que se acercaba. Oír su voz y quedar en estático arrobamiento fue lo mismo.

El trovador se detuvo junto a la orilla y durante dos horas cantó para sí mismo, para el aire que pronto sería invierno, y para los árboles que la brisa desnudaba. La dragona escuchó desde el fondo de la cueva. Sus ojos resplandecían de deseo en las tinieblas. Lo hubiera dado todo por ver el rostro de aquella criatura mortal, cuya figura adivinaba más allá del manto líquido que cubría la boca de su morada. Pero no se atrevió a salir; más que nada, porque temía asustar al cantor y alejarlo de allí.

Cayó la noche. El trovador encendió una hoguera junto a la orilla y cocinó algo que llevaba en su morral; bebió un poco de agua y se acostó a dormir, no sin antes haber alimentado las llamas con leños secos.

La dragona aguardó hasta que la oscuridad se hizo más espesa. Cuando adquirió el aspecto de una gasa, supo que había llegado la medianoche y salió de su escondite. Con sigilo se acercó al durmiente. Era muy bello, casi un adolescente. A la luz de la hoguera, los rizos que cubrían sus hombros parecían hilos de miel. Ella se aproximó para verlo mejor. El aliento del joven dormido se mezcló con el de la dragona. Ella aspiró el perfume de su mejilla. Un violento olor a naturaleza se

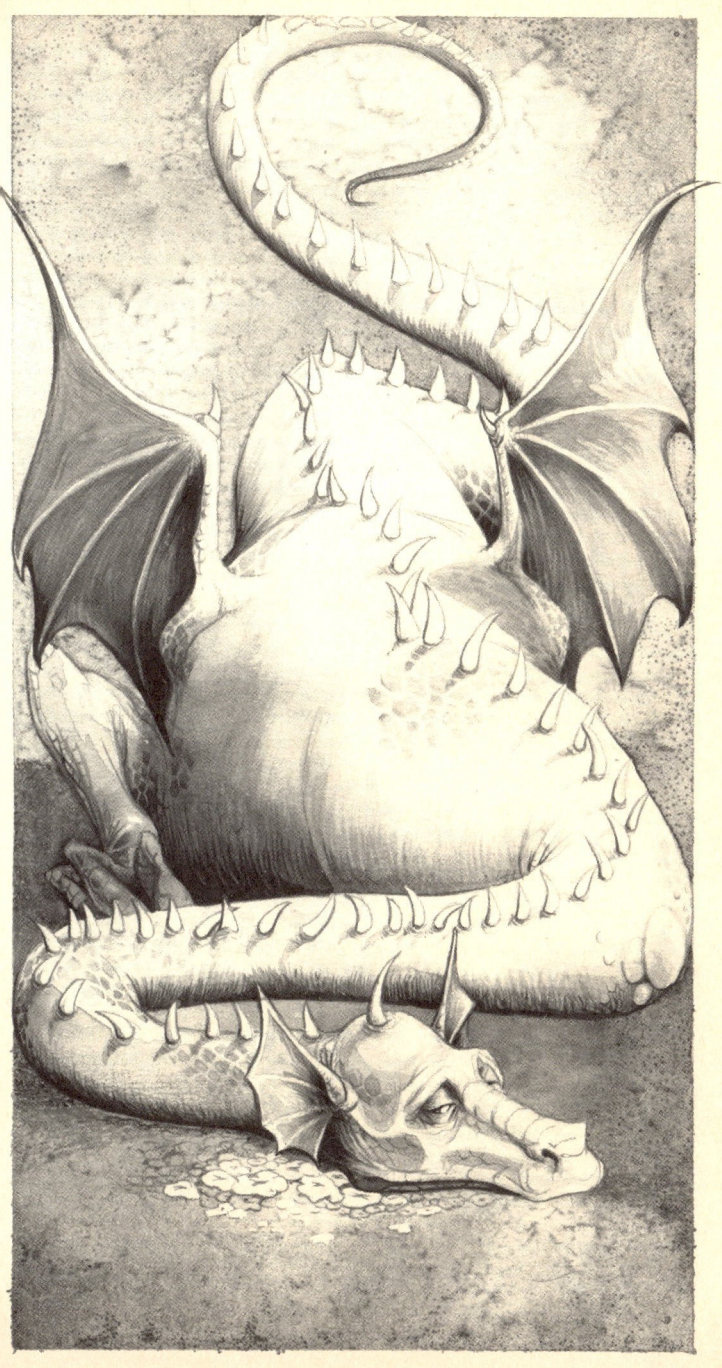

desprendía de él; un olor a cervatillo [fawn] y a cachorro de gato, a pimienta y hierbabuena, a cerezas y aceitunas.

Se acostó junto a él con un leve crujido de hojas aplastadas, y permaneció el resto de la noche y la madrugada velando su sueño, hasta que ella misma se quedó dormida.

Cuando despertó, los restos de la hoguera apagada todavía humeaban bajo el azote de la ventisca. No había nadie por los alrededores. Junto a ella, alguien había depositado frutas y flores silvestres... La dragona comió las frutas, paladeando las golosinas que habían pasado por manos amorosas; tomó las flores y se las llevó a su cueva.

Unos días después, comenzó a sentir una rara laxitud; sus gestos se volvieron lentos y su andar pesado; tenía pensamientos raros y deseaba cosas imposibles... La dragona iba a tener un hijo, pero sólo lo supo la mañana en que depositó un huevo cálido y ovalado junto a la cabecera de su nido.

La primera en asombrarse fue la propia madre. ¿De dónde provenía aquello, si jamás había dado su palabra de amor a nadie? Contempló el huevo cristalino que brillaba como un diamante. Algo se movía en su interior, pero la superficie no era lo bastante transparente para permitir una visión clara.

Muchos días, muchas noches, incubó su huevo. Al cabo de cierto tiempo, el crujido del cascarón avisó el nacimiento de un dragoncito rojo, cuyas alas sacudieron débilmente el aire húmedo de la cueva.

La madre contempló arrobada a su pequeño, aún sin explicarse el milagro de su aparición. Ella desconocía entonces que si un ser humano y un dragón se acercan, hasta el punto de beber el aire que ambos respiran, puede producirse una especie de prodigio. La dragona desconocía todo aquello. Pero comenzó a sospecharlo el mismo día en que su hijo abrió las fauces, sacudió los rizos de miel que caían en hilos sobre sus hombros, y entonó un canto de amor que ella no había vuelto a oír desde cierta tarde lejana, al pie de la cascada.

La ciudad silenciosa

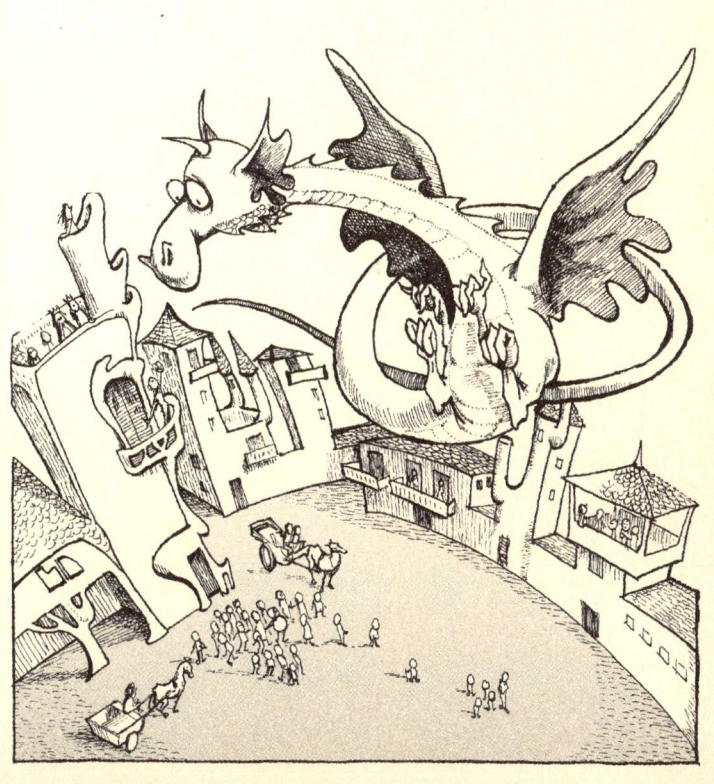

*Ya se sabe que un hada o un dragón
son criaturas hechas de una materia
mucho más delicada y traslúcida que el hombre.
Para poder verlos, se necesita paz interior;
pero, sobre todo, mucho amor hacia la tierra y el aire
que los cobija. Sin ese sentimiento, las maravillas
de la naturaleza permanecen ocultas.
Pero muchos están ciegos. Viven embotados
por las cosas materiales que los rodean,
y no tienen tiempo para conocer
sus propios defectos o carencias espirituales.
Sin equilibrio, no hay sabiduría. Y sin eso,
la fantasía de la palabra desaparece.*

JUNTO a la Gran Muralla se alzaba Der-Uf, la ciudad silenciosa, una de las principales villas habitadas al principio del mundo. Su apodo provenía de un raro encantamiento: ninguno de sus moradores podía hablar. El viento se llenaba con el canto de los pájaros, con la cadencia de la música, con el rumor de los manantiales que se deslizaban colina abajo; pero nada parecido al lenguaje humano: ni llanto, ni risa, ni blasfemias, ni palabras de amor... Por eso sus habitantes se comunicaban entre sí por señas.

Todo había comenzado una noche, en medio de un tifón que asoló la comarca. Cierta maga decidió pernoctar en la ciudad para evitar los embates del tornado. El huracán silbó toda la noche y, al amanecer, salió el sol. Hubo fiestas espléndidas tras la tormenta. El vino de arroz brotaba como un surtidor infinito, y todos los hombres y mujeres se embriagaban y destruían cuanto hallaban a su paso. Cuando la maga preguntó por tan extraño comportamiento, le dijeron que era habitual. Ella quiso saber si nadie estaba dispuesto a sanar las heridas de la tierra. Le contestaron que no se entrometiera en los asuntos ajenos.

Llena de indignación, la maga levantó un muro de silencio para incomunicar a la ciudad y evitar que el daño se propagara. Sólo si sus habitantes se arrepentían de esa conducta, todo volvería a la normalidad.

Pero los años pasaron y Der-Uf siguió siendo una ciudad silenciosa: llena de baratijas y fiestas, aunque carente de respeto y sabiduría.

Un día, en una cueva cerca del mar, apareció un huevo de dragón con cáscara de oro. Muchos fueron a ver aquel prodigio, pues, como se sabe, cualquier cambio en la coloración normal de un huevo —sobre todo, si es de dragón— es augurio de grandes portentos.

Una vieja, versada en tales cosas, trazó en el aire una seña que significaba: «El infante ganará al perder». Un brujo, famoso por sus predicciones, deslizó sus dedos por la superficie hasta descubrir tres lunares, y afirmó sin hablar: «El joven vivirá tres muertes». Una pitonisa, la más sabia de toda la ciudad, suspiró al tirar las monedas sobre el libro del oráculo *I Ching,* e interpretó en silencio: «La mutación salvará a Der-Uf». La multitud, confundida ante tantas profecías diferentes, optó por alejarse del sitio y dejar que la naturaleza siguiera su curso.

A las pocas semanas, el cascarón se rompió. Un dragoncito de piel casi transparente asomó su hocico entre los pedazos que centelleaban sobre el suelo.

El pequeño fue recogido por una familia de pescadores que vivía en un promontorio cercano. Al principio no sucedió nada extraordinario. Pero, a medida que fue creciendo, su singularidad comenzó a hacerse evidente. Por ejemplo, al dragoncito no le gustaba espantar a los cangrejos, a las medusas, ni a otras criaturas marinas; prefería adentrarse en el agua y esperar pacientemente a que los peces se acercaran para verlos juguetear entre las algas. Tampoco le gustaba azotar las ramas de los bambúes que crujían en la brisa, ni arrancar flores, ni romper los nidos de los ruiseñores; prefería sentarse sobre la hierba, a la sombra de un árbol cargado de frutos, para escuchar los cantos que revoloteaban sobre su cabeza.

Por todas esas razones, el dragoncito comenzó a sentirse cada vez más alejado de quienes lo rodeaban. Y un buen día, cuando cumplió los siete años, desapareció.

Ocurrió así:

Tomaba el té, rodeado de la familia que lo recogiera y, de pronto, sin previo aviso, dejó de verse. Todos lo llamaron con grandes ademanes; pero, por supuesto, nada se escuchó en aquella ciudad donde las voces de los seres humanos habían sido acalladas por un hechizo. Sin embargo, para asombro de los presentes, del espacio vacío surgió una pregunta:

—¿Por qué hacen tantos aspavientos?

La familia quedó estupefacta, porque era la primera vez en muchos años que se escuchaba hablar en Der-Uf. Y fue así como se cumplió la primera profecía, aquella que decía «el infante ganará al perder», pues, con la pérdida de su visibilidad, el dragoncito obtuvo el poder de la palabra.

Con el transcurso de los días, su piel comenzó a palidecer hasta adquirir una blancura que sólo era superada por las nieves del Tíbet. Sin embargo, únicamente él podía percibirlo; aquellos que lo rodeaban apenas sabían de su presencia por la voz que los llamaba o increpaba, según las circunstancias.

A medida que fue dejando atrás la niñez, el dragoncito veía con más claridad la causa del mal que aquejaba a su ciudad. El dolor hizo que el tinte de su piel dejara de ser blanco, y se cubriera de un rojo avergonzado.

Lleno de amor, intentó convencer a los otros de que existían formas diferentes de tratar al prójimo y a la naturaleza. Como aún era invisible, tenía poder para actuar sin que nadie se lo impidiera: reconstruía nidos rotos, sembraba árboles arrancados, castigaba al culpable de una mala acción...

Poco a poco, los humanos comenzaron a imitar al dragón. Primero fue un pequeño grupo de campesinos, hartos ya de ver cómo todo lo hermoso era destruido sin que nadie lo reparara. Otros habitantes de la región los siguieron. Con el paso de los meses, las calles de la ciudad cambiaron. Decenas de adultos cuidaban de los animales y las plantas; el resto se afanaba por educar a los niños.

Una tarde llena de luz, el dragón sintió un temblor que recorría su cuerpo, abrió las alas que durante tanto tiempo habían sido rojas, y se vio transformado en una criatura dorada, cuyas escamas refulgían bajo el sol. Así se cumplió la segunda profecía, pues cada cambio de color había sido como una muerte de su apariencia.

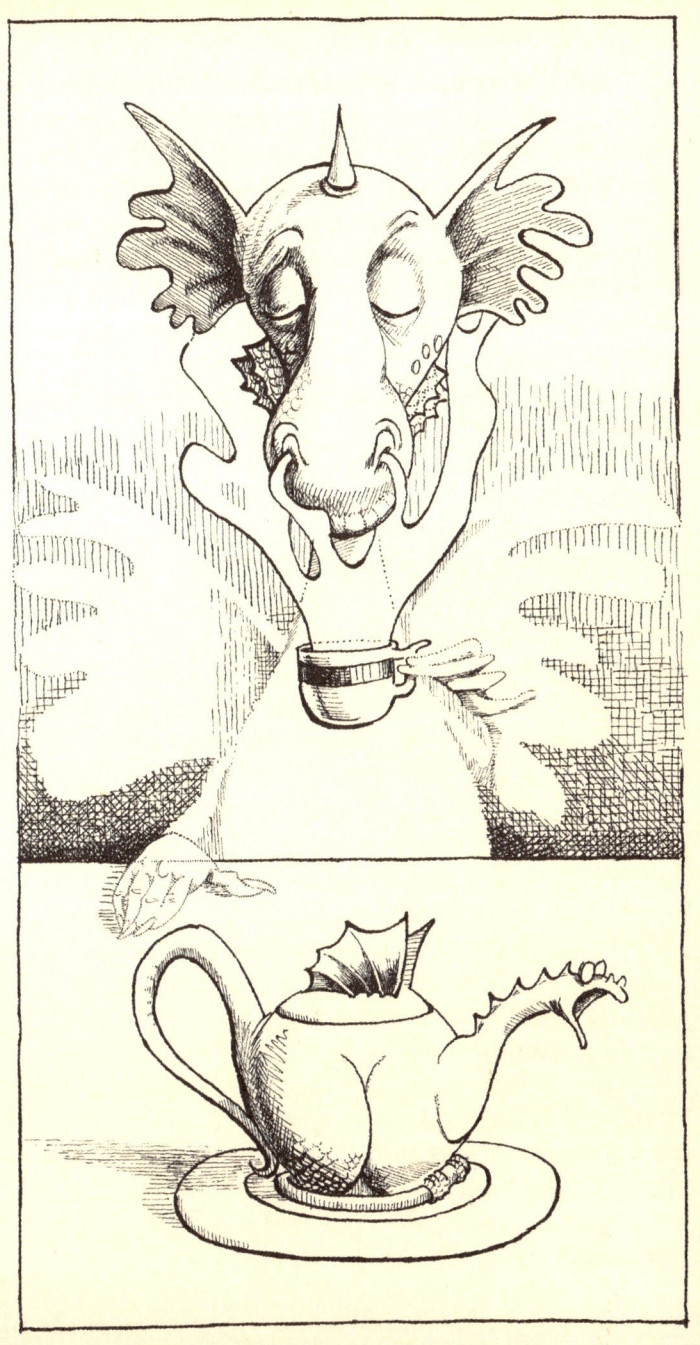

En ese instante, miles de gritos, risas y llantos hicieron temblar el valle donde se asentaba Der-Uf; y el dragón se elevó al cielo, nuevamente visible para todos aquellos que quisieran mirarlo. Ese fue el cumplimiento de la última profecía, pues tras esa metamorfosis la ciudad recuperó el habla. Finalmente el fuego de la verdad alumbraba cada hogar, y el aire se llenó de himnos.

Nadie sabe adónde voló el dragón dorado, pero en muchas partes lo siguen esperando.

Piedra de vida

*La vida de un dragón no se oculta en su propio cuerpo, como ocurre con el resto de las criaturas, sino que permanece encerrada dentro de una piedra preciosa.
El dragón nunca se separa de su piedra; más bien la mantiene escondida para evitar que pueda dañarse o romperse.
Mientras la piedra se encuentre a salvo, también lo estará la vida del dragón.
Y como las piedras preciosas no se destruyen, salvo accidentes, los dragones son inmortales.*

AÑOS atrás, hubo un dragón que perdió su piedra. La madre, que incubaba su huevo en el fondo de una gruta, la había puesto junto a ella para que fuera lo primero que su hijo viera al nacer. Una noche ocurrió un terremoto. La cueva se desplomó y una roca inmensa cayó sobre el pecho de la madre, partiendo su propia joya en cuatro pedazos. La piedra del dragoncito se deslizó por una rendija del suelo y se mezcló con las aguas subterráneas. Milagrosamente el huevo permaneció intacto; pero cuando el pequeño nació, ya su madre se había transformado en humo, y él se encontraba solo y sin futuro.

Entonces comenzó un peregrinaje, en el cual aprendió muchas cosas; por ejemplo, que todos los dragones tenían su propia piedra. Algunas eran oscuras y parecían tener mil ojos para mirar la noche; otras se cubrían de rubor y derramaban una luz tan casta como la sonrisa de una doncella. Las había rojas y apasionadas, frágiles y amarillas, verdes y tímidas... Cada dragón exhibía su joya —que era también el reflejo de su alma—, y se compadecían de aquel que no tenía piedra, ni corazón, ni vida.

Lleno de tristeza, el dragoncito se refugió en un bosque habitado por aves de plumas húmedas, cuyos cuerpos destilaban un licor espeso y tibio como la leche. Las aves miraban con asombro aquella criatura incolora, y desplegaban sus alas para bañarlo con su savia dulce y láctea.

Una tarde, el dragón se detuvo a descansar junto a una hoguera apagada. El aire removía las cenizas que despedían cierto olor a resinas aromáticas. Era un perfume tan nostálgico que el dragón se acercó a ellas para llevarse un puñado entre las garras; pero, al tocarlas, comprobó que los residuos quemados crepitaban sordamente. De pronto le pareció que aquel bulto se movía de una manera extraña. Era como si las brasas volvieran a incendiarse para dar paso a una silueta de luz. Poco a poco, un pájaro dorado surgió de las cenizas, sacudió las alas y un polvo cálido se esparció por el lugar.

—Estás solo —dijo la criatura en su lengua de tormentas—. Has perdido la piedra de vida, y tendrás que recuperarla si no quieres seguir sin rumbo.

El dragoncito no sabía que un ave fénix es capaz de resolver cualquier enigma. Sin embargo, sus palabras le infundieron confianza y preguntó:

—¿Sabes acaso cómo puedo hallarla?

Y el ave dijo:

—La doncella que canta será tu guía.

—Todas las doncellas cantan —replicó la bestezuela—. ¿Cómo podré reconocer a la que busco?

El pájaro aleteó con fuerza, antes de elevarse.

—Será muy fácil. Esta doncella no es una doncella.

Y con aquel consejo se perdió entre las nubes.

Esa misma noche, el dragoncito decidió encontrar a la doncella que no era doncella, aunque tuviera que recorrer toda la Tierra. Así caminó durante noches y días interminables, semanas y meses enteros, entre la lluvia y el viento, bajo la luna y el sol, hasta llegar a un valle surcado por la fría corriente de un riachuelo.

Era casi la medianoche. Agotado, el dragón se inclinó a beber. Y, en ese instante, escuchó una voz purísima:

Si puedes oírme con esta canción,
ya sabes que existo, no tienes opción.
Tu vida sin piedra no es más que ilusión.
Ven pronto, te espero. ¡Feliz bendición!

Él quedó en suspenso al escuchar ese canto. Buscó en todas direcciones y allá, en el fondo del valle, creyó distinguir una silueta vaporosa que deambulaba entre los árboles.

Mientras se arrastraba hacia ella, volvió a oír su voz:

Nuestra vida, sin luz, estará condenada.
Tus ojos, sin mí, no podrán entender
que entre el flujo y reflujo de la madrugada
la joya de vida podrá renacer.

A través del follaje, observó a la criatura que flotaba envuelta en ropajes tenues. Era lo más bello que jamás hubiese visto durante su largo viaje; su piel era casi traslúcida bajo la luna, y su cabello más oscuro que la noche.

El dragoncito salió al claro y la doncella se detuvo al verlo. Él se acercó para mirarla y luego se echó a temblar cuando pudo distinguir su rostro. No eran ojos humanos los de aquella muchacha, sino abismos impenetrables donde cualquiera podía salvarse o morir. Ella se inclinó sobre él y adivinó su miedo. Sonriendo, depositó un beso en su frente virgen de dragón. Entonces el dragón supo que aquellos labios tampoco eran labios de doncella, sino llamaradas de algún astro rojo y nocturno.

Horas enteras permaneció observando a la joven que danzaba en el claro de luna. Y cuando los rayos del amanecer se insinuaron tras las colinas, ella dejó de bailar, lo miró y desapareció con un suspiro.

El dragón sospechó que había sido hechizado por el beso de un fantasma, y quiso seguir su camino en busca de la piedra. Sin embargo, cuando estaba a punto de abandonar el valle, el recuerdo de aquella boca lo detuvo. Comprendió que no se iría de allí sin verla otra vez; y decidió aguardar la llegada de la noche.

La luz se ocultó del mundo, salió la luna entre las nubes, y de nuevo el canto de la doncella fantasma se extendió sobre el valle. El dragón permaneció escuchando un tiempo interminable...

Cada noche, el espectro del amor danzaba para él. Cada amanecer, su figura se desvanecía y él se quedaba aguardando su regreso, lleno de angustia, con el temor de que jamás volviera.

Y una noche, ella no apareció. Los gritos del dragón estremecieron la llanura. Lloró hasta que sus fuerzas lo abandonaron y, casi al borde de la madrugada, se sintió morir:

—Adorable fantasma —murmuró—, por ti he abandonado la búsqueda más preciada. Por ti me he condenado a esta vida que no es vida. Pero si, en este momento, la joya que tanto necesito cayera del mismo cielo, juro que renunciaría a ella a cambio de verte una vez más.

En lo alto, una estrella comenzó a moverse; primero con lentitud, luego más veloz. Osciló un poco en su ruta, y al fin se precipitó sobre la tierra para posarse frente a él. Era un pedazo de roca oscura y sin brillo. Cuando el dragón la tomó entre sus garras, pareció dilatarse y relucir como un ojo de cristal púrpura: era su piedra. La reconoció al instante.

Tembló de júbilo. Sus alas se abrieron gigantescas y poderosas; las escamas que cubrían su piel adquirieron un tono purpurino, semejante al de la joya; su garganta arrojó fuego y sus fosas nasales se llenaron de humo. Se había transformado en un dragón de verdad.

Mas no se sintió feliz. La piedra era su corazón; pero su corazón no valía nada sin la dama de sus sueños. Arrojó la piedra al río, las fuerzas lo abandonaron, y él se resignó a morir.

En ese instante, un hervor de espuma revolvió el agua, y la grácil doncella subió a la superficie, allí donde la piedra se había hundido. El dragón la contempló con arrobo, sabiendo que sería lo último que vería en su vida; pero ella se le acercó y tomó entre las manos su cabeza agonizante:

—Me perteneciste desde la primera noche en que te besé —le dijo—. Ahora soy yo quien te pertenece, pues no vacilaste en sacrificarlo todo por mí. Te devuelvo tu piedra, tu vida y tu corazón.

Y besó los labios del dragón.

Él sintió un sabor dulce en la lengua y palpó el objeto duro que ella había dejado en su boca. Lo sacó a la luz. Era la piedra.

La doncella trepó al lomo del dragón, que abrió sus alas para recibirla.

—¿Adónde iremos? —le preguntó él.

—Siempre hacia adelante —dijo ella.

El dragón se elevó. La luz morada de sus escamas centelleó como un espejo entre los árboles, y sus alas poderosas cubrieron el mundo.

Fue así como la doncella rompió el hechizo que la obligaba a ser un fantasma de la noche, gracias al amor de una bestia solitaria. Y fue así como el dragón encontró su verdadero camino, gracias a una doncella que no fue doncella hasta que le entregó aquella piedra púrpura, que era su vida y corazón.

Un país llamado Otoño

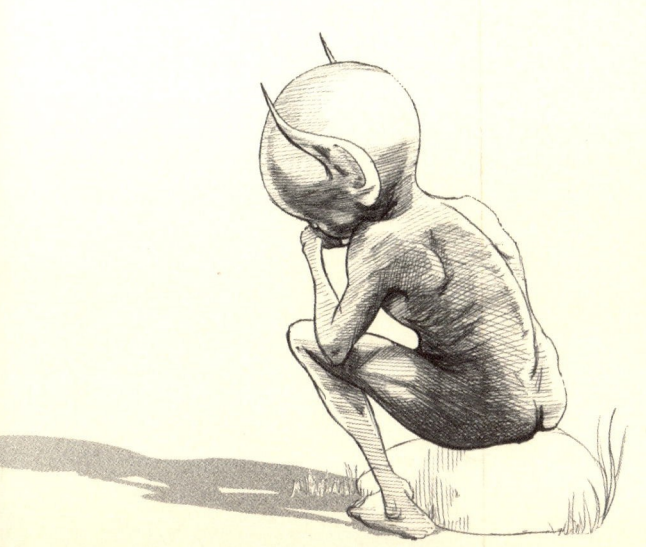

*Desde la antigüedad más remota,
los hombres no han cesado de explorarlo todo:
la sustancia de la vida o el equilibrio de la energía;
pero también el misterio de lo oculto
y la permanencia de fuerzas invisibles.
La fascinación por conocer lo extraño,
lo remoto, lo ajeno, sigue siendo la nota
más común del raciocinio.
Y cuando la inteligencia busca,
el universo se expande.*

CUENTAN que durante las noches de luna llena suelen ocurrir muchos prodigios. Al menos, eso afirman algunas leyendas.

En un tiempo muy remoto, cuando los hombres daban sus primeros pasos sobre la Tierra, existió un enanillo que habitaba en una selva húmeda y caliente. Tenía la piel oscura como la noche y los ojos redondos como los de una lechuza. Era un güije; y vivía en una casa de barro que él mismo había levantado en el fondo de un arroyo cristalino.

Aquel güije tenía un deseo secreto.

Su deseo era conocer.

Sabía que, más allá de su selva siempre verde, existían otras criaturas y otras tierras. Sin embargo, dejaba pasar las horas mientras discurría nuevos juegos; y sólo a veces recordaba que allí, al alcance de su mano, florecían mundos maravillosos.

Una tarde, cuando los pétalos del diente de león eran arrastrados por la brisa, el pequeño güije se sentó sobre una roca cubierta de musgo y quedó pensativo. Rememoró todo el tiempo perdido en diversiones inútiles, y comprendió que nunca lograría palpar la materia invisible de los sueños. Entonces se echó a llorar.

Durante tres días y dos noches, sus lágrimas fluyeron abundantes; y el riachuelo creció tanto que se transformó en río.

Ya oscurecía por tercera vez cuando vio emerger del agua la cabeza de su madre, la temible Yemayá, Señora del Océano. Hacía mucho que no la veía, pues ella habitaba en el fondo del mar, dentro de una cueva coralina. Venía muy oronda con su saya azul marino y sus enaguas blancas. Caminaba remontando el curso del río desde la desembocadura, donde éste se unía con la corriente del océano.

Era linda su madre, con aquella piel negra y rutilante, su risa que sonaba a caracoles y sus besos dulces como naranjas.

—Estás triste —le dijo ella—. Pero no tienes razón.

—Mamá, quisiera conocer el mundo.

—¿No te basta con todo esto? —le preguntó—. La selva, los charcos, las cuevas...

—Existen otros sitios —musitó él—. Otras criaturas...

—¿Otras? —Yemayá arqueó una ceja.

—Sí —los ojos del güije brillaron en la creciente oscuridad—. El Amo del Fuego me contó...

—¡Ah, ése! —y la exclamación de la mujer pareció el silbido de una serpiente—. Shangó no hace más que sembrar intrigas.

—Pero dice la verdad —porfió el güije—. He visto pasar a esas criaturas, provenientes del norte y del oriente, frente al disco de la luna. Sus pieles son transparentes, y cantan hechizos en lenguas desconocidas.

—Entonces habla con tu amigo —dijo la madre—. Él te ayudará.

—No sé cómo llamarlo —gimoteó el pequeño.

La Dama del Mar alzó la mirada y vio apagarse la luz del sol.

—Hoy es noche de luna llena —susurró, y sus palabras parecieron olas deslizándose por la arena—. Cuando llegue la medianoche, enciende una hoguera al pie de una palma.

Dando media vuelta, se zambulló en las aguas.

El güijecito comenzó a juntar ramas de muchos árboles —pinos, magüeyes, zarzas, cedros, ciruelos—, y al llegar la medianoche, encendió una pira de llamas altísimas. El Amo del Trueno, que en aquel instante oteaba el horizonte desde la punta de la palma, sintió el llamado que se elevaba desde la tierra. De un salto, cayó junto al pequeño.

—Sé por qué me has llamado —le dijo riendo, y su risa resonó profunda como un tambor—. Te enseñaré lo que deseas, pero con una condición.

—¿Cuál?

—Necesito un animal de fuego.

—¿Qué es eso?

—Una bestia alada que arroja llamas por la boca. Un dragón.

—¿Por qué no vas a buscarlo tú? —preguntó con desconfianza.

—El Señor de los Caminos asegura que el animal sólo seguiría a una criatura inocente. Alguien como tú.

—¿Y cómo voy a traerlo?

El dios recogió su capa roja para salir de la hoguera.

—Toma este rubí —dijo—. Pertenece a un dragón pequeño. Búscalo y muéstrale la joya. Te seguirá sin chistar.

El güije observó la piedra que brillaba entre sus manos oscuras.

—¿Qué harás con él?

—Soy el Amo del Fuego. Por mi boca habla el trueno, y allí donde pongo un pie brota el humo. Necesito un esclavo digno de mí.

El güije no dijo nada, pero su corazón se estrujó como un pétalo bajo el sol.

—Enséñame —rogó, apretando el rubí.

El Señor de la Centella miró la luna que se encontraba en todo su esplendor; luego bajó la vista hasta la fogata y pasó sus manos por ella, como si quisiera atrapar las lenguas de oro que crepitaban en medio del silencio.

—Mira las brasas —ordenó—. Lo que buscas, está ahí.

El pequeño contempló aquel centro de luz y calor, donde sólo vivían los espíritus del fuego —las salamandras— en su loca danza llameante. Pero allí había algo más: imágenes de su propia vida, malgastada en fiestas y bromas. Con un golpe de voluntad las borró. Enseguida se inclinó para ver mejor. A través de la luminosidad, creyó distinguir árboles, montañas, criaturas que se movían..., como si la lumbre fuera una barrera entre mundos diferentes, aunque cercanos.

El pequeño se aproximó más, pero no sintió calor alguno. Las llamas besaban sus mejillas y, sin embargo, su piel sólo percibía una humedad lejana, como si la estación fría se iniciase.

—Entra en la hoguera —ordenó el dios.

Los pies del güije se posaron sobre los carbones encendidos y, de pronto, una corriente de aire helado lo estremeció. Un bosque de cipreses y abedules apareció en torno suyo. Si hubiera habido más luz, habría visto las hojas amarillentas y naranjas arremolinarse y volar en todas direcciones. Sin darse cuenta, apretó la piedra que llevaba en una mano y, en ese instante, pareció que el cielo se inflamaba. Un resplandor rojizo se abatió sobre la tierra.

Allá arriba, entre las copas de los árboles, surgió una fosforescencia que creció y creció hasta posarse junto a él. Era un sueño, la sombra del miedo, algún misterio: un dragoncito de belleza deslumbrante. Ahora su luz iluminaba ese rincón del bosque.

El animal se acercó y, de un lenguazo, lamió el puño que guardaba su joya. La piedra rodó por el suelo. El dragón la vio y levantó sus largas pestañas hacia el hombrecito de piel nocturna. Las pupilas de ambos se encontraron.

—No eres de aquí —murmuró, y su voz parecía cantar.

—No —repuso el güije—. En mi casa siempre hay calor, y los árboles tienen hojas verdes que nunca se caen de las ramas... ¿Cómo se llama esto?

Se refería al nombre del lugar, pero el dragón no le entendió.

—Otoño —respondió, abriendo las alas como si quisiera abarcar todo el bosque.

—¡Qué nombre tan curioso! —susurró el güije, tan bajito que el otro no lo oyó—. Un país que se llama Otoño.

—Tienes mi piedra.

El pequeño escondió rápidamente la joya.

—¿Hay otros como tú? —preguntó para desviar la conversación.

—¿Otros dragones? ¡Claro que sí! Y también hay hadas y duendes y elfos y...

—¿Qué son esas cosas? —lo interrumpió.

—No son cosas, sino criaturas como tú y yo.

Un soplo de viento helado pasó entre ambos.

—Ven —se ofreció el dragón—. Monta en mi lomo. Te llevaré a verlos.

Y el güije se acomodó sobre las escamas luminosas del animal, que emprendió el vuelo en dirección a los páramos negros, salpicados por montículos de vegetación y por túmulos semejantes a colinas, bajo los cuales velaban las almas de los gigantes muertos hacía siglos.

A medianoche se acercaron al lecho de un río seco. Algunos robles rodeaban el claro donde se alzaba una encina. En torno al árbol, danzaban las criaturas del aire. Los elfos y las hadas iluminaban las tinieblas con el rastro de luz que dejaban a su paso. Los duendes asistían al baile desde las raíces cercanas, temerosos de interrumpir la fiesta mágica.

El dragón y el güije permanecieron allí hasta el amanecer, y después volaron hacia la región de los valles donde pastaban manadas de unicornios. Varios animales alzaron sus cuellos y agitaron las colas, mientras observaban el vuelo de la bestia alada. Luego volvieron a sus propios asuntos. Más tarde, los amigos sobrevolaron los nidos de algu-

nos pegasos que aletearon un instante, súbitamente nerviosos ante la insólita pareja... Durante una hora siguieron la marcha de los enanos que acarreaban diamantes desde una mina a cielo abierto hasta la gruta de una montaña.

Ya anochecía de nuevo cuando el dragón aterrizó en un bosquecillo. El güije recolectó varios tallos y encendió una fogata para calentarse; la noche se hacía cada vez más fría, y él no estaba acostumbrado a semejante temperatura.

—Debo regresar —musitó, mientras se frotaba las palmas frente a las llamas.

—Tienes mi piedra —repitió el dragoncito con voz temblorosa.

El güije recordó la promesa que le hiciera al Señor del Trueno. Debería atraer a la criatura para llevársela a la selva frondosa.

—¿Qué harás si no te la entrego? —preguntó.

—Te seguiré dondequiera que vayas. Estoy obligado. No puedo prescindir de ella.

El güije contempló la hoguera.

—Ya es hora —dijo—. Ven conmigo.

—¿A dónde?

—A mi casa —vio la expresión del otro, y añadió—: No temas. Allí nunca pasarás frío. Te bañarás en los arroyos cálidos y podrás dorarte bajo el sol.

El dragón lo miró con tristeza.

—Si tú lo mandas, te seguiré; pero no creas que lo haré con gusto. Tu tierra podrá parecerte un paraíso. A fin de cuentas, es el lugar donde naciste. Pero yo pertenezco a este cielo gris, a estos valles helados, a este país de brumas... Estos páramos son mi único hogar. Si tú lo ordenas, iré contigo; pero no creas que no sufriré.

El güije se aproximó al fuego. Allí creyó vislumbrar el rostro del dios que lo aguardaba y, tras él, la selva y el cielo azul y el río. Se metió entre las llamas y miró atrás. El dragón dio un paso para seguirlo, pero había lágrimas en sus ojos.

El pequeño sintió que el Amo del Fuego y la Centella tiraba de él hacia el otro lado. Por un instante, el güije observó la niebla que se levantaba en el bosque, percibió la frialdad del aire y escuchó las risas de las hadas que volvían a bailar en torno al árbol mágico. Entonces, mientras unas manos fuertes lo arrastraban hacia su mundo, alzó el puño donde aún guardaba la joya y la arrojó a la noche fría. El animal dio un salto y la atrapó entre sus dientes.

Lo último que vio el güije, antes de regresar, fueron los ojos ambarinos del dragón que sonreía.

El dragón que cantaba azul

*Pocos hombres han tocado la belleza.
La belleza existe de muchas maneras: besar
una nube, oler la noche, escuchar el espacio...
Pocos hombres han sentido su presencia.
Pero cuando esto ocurre, la belleza queda
en ellos y palpita para siempre.*

SOBRE una roca solitaria, en medio del mar, vivía un dragón llamado Aciebel. Por las noches, sus escamas brillaban bajo el reflejo de las estrellas y sus alas desplegadas parecían mantos de plata. Pero lo más extraordinario era su canto. Por su garganta no pasaban baladas, himnos, oratorios, ni canciones trovadorescas. Aciebel era un dragón que cantaba azul.

Cada tarde, cuando alzaba el cuello para entonar su romanza favorita, las nubes se convertían en charcos de cielo diurno y la luna se cubría de sombras azuladas. A veces un barco cruzaba el horizonte y los hombres escuchaban su voz lejana. Fascinados por la melodía, auscultaban las tinieblas hasta que se cansaban de tanto buscar.

Aunque nadie lo había visto nunca, todos sabían que, oculto en las rocas de aquel islote, vivía

Aciebel. Y ningún ser humano perdía la esperanza de contemplarlo algún día.

Una tarde, el dragón decidió irse a conocer el mundo. Voló y voló, dejando atrás muchas tierras, y siguió más al sur, hasta que divisó una blancura infinita que se extendía por el horizonte. Aciebel nunca había estado en los polos, y no sabía lo que eran el hielo y la nieve. Pronto empezó a sentir un frío atroz. Quiso volverse, pero no pudo; sus alas se congelaron y cayó al suelo.

A lo lejos, apareció el velamen de un navío que recorría los mares cargado de mercancías hacia Ofir. El dragón intentó hacer alguna señal, pero le resultaba imposible moverse —mucho menos volar—, y la silueta del barco lleno de oro, elixir de mandrágora y cuernos de unicornio, comenzó a alejarse.

Aciebel supo que iba a morir, y entonó una canción triste y azul. Poco a poco, aquella tierra cubierta de hielo cobró un matiz tornasolado, y el paisaje se convirtió en un trozo de cristal índigo como la superficie de un zafiro gigante.

—¡Mirad! ¡Qué fenómeno raro! —gritó el vigía del barco, señalando en dirección a la costa helada.

Desde la popa, el capitán ordenó un giro completo hacia tierra para ver de cerca aquel prodigio. Pronto divisaron a la pobre bestia, que fue izada a bordo con sumo cuidado. Después la hicieron revivir con un maravilloso brebaje de la raíz llamada ginseng, que los marinos compraron a unos mercaderes orientales.

Tras cantar durante tres días con sus noches sobre la cubierta del barco, el dragón retornó a su islote. El navío siguió su recorrido hasta el puer-

to de Ofir, donde los ojos asombrados de los lugareños vieron atracar la silueta majestuosa de un velero, hecho con brillantes maderas celestes, y conducido por unos hombres de piel azul —cuyas risas resonaban purísimas y fastuosas como el mar—, pues sus manos habían atendido y acariciado al dragón llamado Aciebel.

Diario de un alquimista

*La invención es el soplo del alma.
Cuando el alma crea, el universo se cubre con
una sinfonía de esplendores que ni siquiera
la tierra se atreve a igualar.
Y en medio de la noche más oscura,
el espíritu que inventa se llena de luces,
aunque penetre en esa región misteriosa que
oscila entre el terror y la gloria.*

ERA un alquimista, es decir, un mago que soñaba con transformar la materia inútil en una sustancia que pudiera competir con la belleza de la vida. Era también un poeta y se esmeraba por embellecer cada objeto que veía. En otras palabras, era un soñador.

Cada noche, cuando la luna surgía tras las colinas plateadas, encendía la lámpara que colgaba de un clavo de madera y comenzaba a revolver sus pergaminos llenos de apuntes. Y al inclinarse sobre ellos, parecía un escritor: agregaba, tachaba, maldecía, suspiraba, añadía, emborronaba... y durante horas vivía entregado al placer de cambiar las fórmulas de sus brebajes mágicos. Después, en su mesa cubierta de probetas y morteros, mezclaba polvos y líquidos hasta la salida del sol.

Al final de la jornada, y agotados sus materiales, debía salir en busca de nuevas provisiones. Entonces se transformaba en un explorador que escogía y clasificaba cada elemento mientras deambulaba por el bosque o la ciudad. Durante sus paseos hallaba los ingredientes más extraños: una lágrima de la luna, el aroma del verano, una pizca de miedo, la sombra de una nube, el reflejo del sol en un charco, risas de gorrión, un chorrito de ternura, el ala de una sílfide, y lo más importante, algún pequeño milagro...

Los milagros no eran fáciles de reconocer, pero estaban por todas partes. Aquella mañana, por ejemplo, descubrió uno posado sobre las hojas de una adormidera. Había estado allí desde la tarde anterior, cuando un niño —tras una larga enfermedad— salió con su madre a tomar el sol. La criatura notó que las hojas de una planta se cerraban al contacto de sus dedos... y sonrió: su primera sonrisa después de tantos meses. Ése era el milagro que el alquimista se llevaba, como un tesoro oculto, en el fondo de su morral.

Cuando llegó a la choza, colocó todos sus hallazgos sobre la mesa y sacó del armario una inmensa redoma de cristal para preparar una poción. No tenía una idea exacta de lo que encontraría, pero tampoco disponía de tiempo para preocuparse por eso. Sólo sabía que estaba inspirado y presintió que algo maravilloso saldría de aquella mezcla. Primero trituró un pétalo de rosa, cuyo aroma ascendió desde las profundidades de la vasija hasta envolverlo como una bufanda invisible. Luego tomó un puñado de verano y lo sopló entre los efluvios de la rosa. A continuación dejó caer el reflejo del sol y lo espolvoreó con una pizca de

miedo. Enseguida molió la sombra de una nube, batió las risas de gorrión y, por último, echó en la mezcla un chorrito de ternura al que ya había añadido el ala de sílfide.

Dejó aparte la sonrisa del niño porque no se sintió muy seguro de cómo debía unirla al resto de los elementos. Además, se trataba de un milagro demasiado valioso y no quería usarlo a menos que fuera absolutamente necesario.

Mientras contemplaba la pasta que yacía en el fondo del recipiente, supo que faltaba algo. Su corazón, siempre vigilante, le reveló que debía incorporar parte de su alma en aquella pócima sin vida. Así es que sopló y sopló hasta que la pasta se reanimó con un color raro. Sólo entonces tomó un embudo y, con sumo cuidado, fue vertiendo el contenido de la redoma dentro de un crisol de barro, que puso a fuego lento.

Pronto comenzó a sentir una rara calidez en su pecho, como si alguien hubiera encendido allí una estufa muy mansa. Y es que por manipular aquellos instrumentos durante tantos años había logrado que su espíritu imitara los procesos que ocurrían en el interior de las vasijas. Ahora, el fuego del horno se filtraba hasta sus huesos. Con aquel calorcillo en el alma, apagó la lámpara y se fue a dormir, dejando el cuidado del fuego a cargo de su duende predilecto.

Durmió un sueño nervioso y, a las pocas horas, despertó con un presentimiento. Corrió hasta el laboratorio y descubrió que el duende se había quedado dormido junto a las cenizas del horno. En el vientre del crisol, una forma imprecisa se agitaba en medio de un incesante cambio de colores: su Obra estaba al borde de la muerte.

El alquimista encendió con rapidez las llamas y las abanicó con furia, pero unos quejidos erráticos escaparon de la vasija como si alguien sufriera un gran dolor. ¡Un milagro! ¡Necesitaba un milagro! Tomó la sonrisa del niño que aún permanecía sobre la mesa, la envolvió en un pétalo de girasol y se acercó con ella hasta el borde del recipiente. Antes de lanzarla al abismo de barro, la besó. Un suspiro brotó de las entrañas del envase, y de sus oscuras profundidades surgió algo inesperado: un dragón frágil como un lirio en primavera.

El alquimista cayó de rodillas. ¡Lo había logrado! ¡Había hecho nacer un Misterio!

La criatura volaba torpemente por el laboratorio, posándose de vez en cuando para reponer sus fuerzas antes de lanzarse al aire de nuevo. En una sola ocasión, el alquimista alargó su mano para atraparlo cuando pasaba junto a la estufa. Acercó su rostro al pequeñín, y lo besó por única y última vez antes de llevarlo a la puerta para darle su libertad.

—Vete —susurró—. Yo te di vida, pero no me perteneces.

El dragoncito lo miró con toda la inocencia reflejada en sus pupilas grises, y sonrió; y en aquella sonrisa, el alquimista reconoció el milagro que lo había hecho nacer.

Lo vio perderse en la espesura y, lleno de melancolía, regresó junto a la mesa donde su libro de apuntes había quedado abierto en cierto experimento inconcluso. Por un instante repasó con tristeza las antiguas fórmulas, tomó la pluma del tintero y realizó varias correcciones en los cálculos. De súbito, un regocijo nuevo lo estremeció de pies a cabeza.

«¡Qué tonto he sido!», pensó. «No tengo más que regresar al bosque, mirar en las aldeas y regresar a mi laboratorio».

Había comprendido que lo principal no consistía en hallar un prodigio, pues el instante del descubrimiento era demasiado breve: apenas un parpadeo. Lo importante era el proceso.

«Necesito emprender otro viaje», pensó, dispuesto a una nueva búsqueda.

Y cuando su mirada cayó sobre las fórmulas del experimento inconcluso, una sonrisa de luz coloreó sus mejillas.

La Doncella de Fuego

*No hay nada tan misterioso como el amor.
Es como buscar la magia de la alquimia entre
las páginas mustias de un tratado hermético.
Con el amor no hay términos medios.
Si se pierde, más vale morir.
Pero si en algún momento es posible apresarlo,
se puede obtener con él
una especie de Piedra Filosofal.
El amor transmuta cualquier existencia en algo
mejor que el oro, porque su aroma exhala
el Elixir de lo Inmortal.*

UNO de los relatos más antiguos sobre el origen de los dragones proviene de un sitio perdido entre montañas.

Hace tiempo vivía allí una muchacha a quien llamaban la Doncella de Fuego, porque todo hombre que la contemplara un instante se sentía abrasado por una llama inexplicable. ¡Y ay de aquel sobre quien ella posara su mirada! Se lanzaba a vagar durante días y noches, con el corazón ardiente de sueños, hasta sumergirse en cualquier manantial de agua fría para calmar el incendio que lo devoraba. Y esto ocurría porque la Doncella de Fuego era muy hermosa. Tenía la piel fresca que recordaba la leche de las cabras; el cabello oscuro y largo, como hilos de lluvia cuando caen en la noche; y los ojos profundos como un mar de invierno. Así era ella. Y los hombres no tenían más remedio que amarla.

Un día se rumoreó que un viejo mago, famoso en la región, se acercaba en busca de un sitio tranquilo para morir. En su peregrinaje, prefería refugiarse donde le dieran alimento y un rincón para descansar. A cambio, ofrecía valiosos consejos sobre diversas materias.

El mago llegó a la choza de la Doncella de Fuego. Ella lo atendió con esmero; le sirvió sopa de vegetales, pan, queso y vino; y arregló su propia cama para que el anciano durmiera allí, mientras ella ocupaba un jergón de paja.

Esa noche, después de comer, la doncella y el mago se sentaron frente a la chimenea. Por un rato, contemplaron en silencio las llamas. Al final la doncella habló:

—No voy a pedirte consejo alguno. Sé que todos lo hacen, pero yo sólo quiero averiguar una cosa.

El mago se acarició a medias su larguísima barba, pero no dijo nada.

—Me gustaría conocer el alcance de tu sabiduría.

Las llamas crepitaron y un leño despidió chispas.

—¿Para qué te interesa semejante cosa? —preguntó entonces el anciano—. Eres joven y bella; todos te admiran. ¿Por qué vas a complicarte la vida?

La doncella alzó la mirada, y sus ojos parecieron centellear.

—El tiempo destruye la belleza, pero respeta la sabiduría... Y no sólo eso: casi siempre, la enriquece.

El anciano quedó admirado.

—Quisiera poder ayudarte —le dijo—; pero

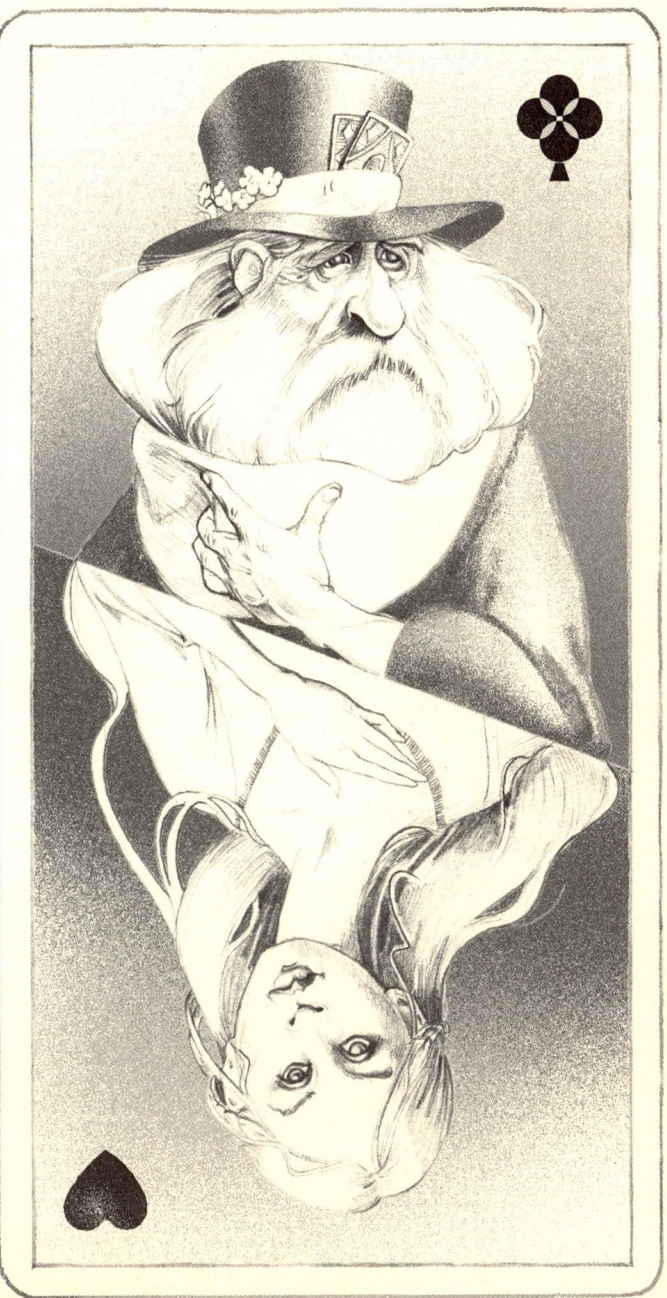

mis días están contados, y apenas tengo tiempo para buscar una cueva donde morir.

—Tú eres sabio. ¿Acaso no conoces un modo de prolongar tu existencia? Diez años bastarían para que pudieras enseñarme cuanto has aprendido.

El anciano pareció meditar profundamente.

—Sólo existe una forma de burlar la muerte..., aunque el precio es tan elevado que nadie ha querido pagarlo nunca.

—Dime qué debo hacer —repuso ella con ansiedad.

El mago suspiró.

—Si eres capaz de darme un año de tu vida por cada uno que yo necesite, entonces tendré tiempo para enseñarte.

Cuando la gente es muy joven, la vida parece inagotable. Así es que la Doncella de Fuego consintió gustosa en ceder algunos años a cambio de sabiduría. Dejó a un lado los pretendientes que continuamente la solicitaban en matrimonio, y se dedicó a estudiar. A veces, cuando iba a la fuente, se encontraba con alguna mujer que la reprendía.

—¿Qué esperas para casarte y tener un hogar? —le preguntaban—. Los años pasan y el tiempo no espera. Recuerda que los hijos son necesarios; tener un esposo es necesario.

Y la joven replicaba:

—Si así lo creen, buscad un esposo y tened vuestros propios hijos. Yo estoy haciendo lo que creo que es necesario para mí.

Poco a poco la joven fue despojándose de todo su tiempo. Al principio creyó que diez años serían suficientes; luego comprendió que mientras más sabía, más quería conocer. Y cada vez que el anciano se sentía morir, ella le otorgaba otro de sus años. La vejez comenzó a acercarse, imperceptible y lentamente. Su rostro se fue arrugando como una fruta bajo el sol; su cabello oscuro perdió brillo, como la plata vieja; y sus ojos necesitaron acercarse a los objetos para poder ver.

Una tarde, la mujer que en otro tiempo fuera llamada la Doncella de Fuego se miró en las aguas del pozo y comprobó que era una anciana muy parecida al viejo mago que, en aquel momento, también se acercaba al lugar.

—Recuerdo cómo era yo hace años, cuando todos los jóvenes de la comarca me admiraban, y yo esperaba en vano por un amor que nunca llegó —le dijo—. Tú también conociste mi juventud, pero jamás he sabido cómo eras antes de ser el viejo mago que un día tocó a mi puerta.

El anciano se asomó al pozo para mirar los dos rostros que se reflejaban en las aguas. Hizo un gesto con las manos y la imagen comenzó a temblar. Cuando la superficie se calmó, la mujer vio las figuras de dos jóvenes: la suya propia, tal y como fuera hacía muchísimos años, y la de un muchacho con un rostro de belleza singular. Entonces se sintió invadida por una ternura que jamás habría sospechado, y comprendió que el anciano maestro hubiera podido ser aquel amor que tanto buscó... Sólo que habían nacido en épocas distintas, y apenas lograron entreverse.

Ella dejó de contemplar su reflejo en las aguas y se volvió hacia el rostro de barba blanca que tenía un brillo peculiar en la mirada.

—Muy tarde —susurró ella.
—Sí —contestó él—, demasiado tarde.

Se tomaron de las manos; y así permanecieron frente a frente, durante un tiempo infinito, pues ambos se dieron cuenta de que iban a morir sin haber compartido su amor. Una lágrima roja y ardiente se deslizó por la mejilla de la mujer y cayó a sus pies; enseguida se inflamó como un capullo, hasta convertirse en un huevo de oro que comenzó a enfriarse con la lluvia. De los ojos del mago brotó una lágrima helada y azul que se abatió cerca del huevo dorado. Lentamente fue creciendo hasta transformarse en un huevo de plata que se entibió con los rayos del sol.

Las crónicas no dicen qué les ocurrió a la Doncella de Fuego ni al anciano mago; nadie sabe cómo terminaron sus días. Algunos afirman que se fueron al fondo de una cueva para morir juntos; otros aseguran que jamás dejaron de contemplarse, con las manos entrelazadas, y que todavía continúan allí, en algún rincón del mundo, como dos estatuas de vida eterna.

Las crónicas sólo hablan del destino de los huevos. Cien días con sus cien noches permanecieron a la intemperie, calentándose bajo la luz del sol y helándose al resplandor de la luna. Al cabo de ese tiempo empezaron a moverse; y con un estallido de cáscaras doradas y plateadas que saltaron al viento como chispas, surgieron dos criaturas completamente distintas a las ya existentes: una dragoncita de piel dorada y cálida, y un dragoncito de piel gélida y azul. Esos fueron la Madre y el Padre de todos los dragones del mundo, engendrados por aquel amor imposible entre dos seres muy sabios.

Por eso, aún en nuestros días, los dragones tienen el poder del conocimiento y del vaticinio, de la vigilia atenta y de las pasiones sublimadas. Esta historia lo explica claramente... Aunque, ¿quién sabe? Después de todo, quizá no sea más que una leyenda.

La voz de la isla

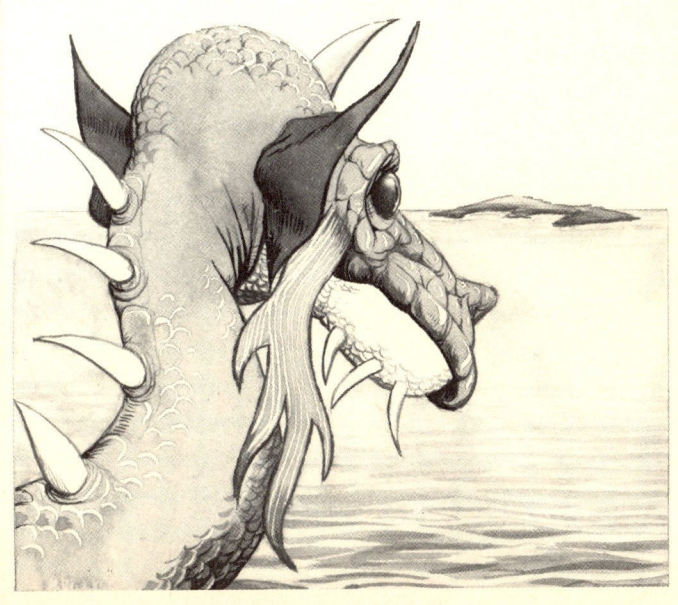

*Los dragones mantienen un vínculo especial
con el lugar donde nacieron. No hay nada
como la fuente que brota de la cueva familiar
o el rumor de la brisa que bate
el árbol plantado por el abuelo.
Cada rincón de la tierra destila una música distinta
que marca para siempre a quienes nacieron en ella.
Y todo dragón lo sabe.*

EN época no muy lejana existió un dragón llamado Uruk que habitaba la misma cueva que fuera de sus padres. Era una gruta codiciada por otras criaturas de la región, sobre todo por los tesoros que albergaba desde época inmemorial.

La cueva estaba enclavada en una islita prodigiosa donde varios centenares de dragones también tenían su hogar. En ningún otro sitio del mundo las aves cantaban con tanta dulzura, ni las mariposas exhibían semejantes colores, ni el mar brillaba con tal esplendor. Todas las tardes, cuando el sol naranja descendía a apagarse en las aguas, Uruk se reclinaba a la sombra de un árbol y esbozaba la trama de alguna fábula que escribiría a la mañana siguiente. O se extasiaba en la contemplación de las olas que rompían contra el malecón de su jardín trasero.

Cierto día aciago, apareció por aquellos parajes un brujo que había hecho un pacto con los demonios. Al principio ningún dragón se dio cuenta de sus intenciones, porque llegó disfrazado con una túnica verde, que es el color de la naturaleza, y los dragones pensaron que se trataba de un hechicero benéfico. El infame realizó dos o tres trucos para ganarse la confianza de todos. Con voz suave y ademanes de santo varón, dijo que conocía la existencia de un peligro que acechaba a la isla, habló de un enemigo invisible del que nadie había oído hablar, y ofreció sus poderes para salvarlos.

Con candidez los dragones le dijeron:

—Bien, haz lo que quieras.

El brujo se frotó las manos.

—Para eso necesito vuestra ayuda —indicó, fingiendo estar muy preocupado—. Mientras el poder de los dragones esté repartido entre todos, no puedo hacer nada.

Dócilmente los dragones se despojaron de sus poderes para ofrecérselos. Y antes de que nadie pudiera darse cuenta, el nigromante desplegó su legión de demonios por toda la isla y se apoderó de cada rincón de sus costas, lanzando un hechizo que bloqueó toda posibilidad de entrar o salir. Así quedaron aislados los dragones.

Sabiéndose seguro y dueño de un gran poder, el hechicero se quitó su disfraz y vistió sus verdaderos colores: negro como la desesperanza y rojo como el miedo. Desde ese instante, la vida de Uruk cambió. Sus sueños de multiplicar la belleza y de volar en libertad quedaron atrapados en las redes de un encierro absurdo que nadie podía revocar. Pero lo peor no fue eso.

Día tras día, el brujo se dedicó a destruir las riquezas de la otrora hermosa isla. Primero envenenó los suelos, de manera que las plantas agonizaran y murieran al nacer; luego ensució los ríos, los manantiales y las lagunas, esparciendo sobre ellos sustancias hediondas que terminaron por matar a los peces. Poco a poco fue despojando al suelo y a sus habitantes de la voluntad de vivir. Sin embargo, sus hechizos también tenían un límite: por mucho que lo intentó, no logró arrebatarle al aire su olor a espuma marina, ni a los montes su verdor infinito, ni al cielo aquel brillo insólito que era único en el mundo.

Pero Uruk se desesperaba al ver la destrucción de su hogar y la muerte de tantos dragones, debido a los maleficios que alcanzaban a quienes intentaban escapar. Con el transcurso de los meses, el dragón comenzó a odiar su isla. Odiaba el suelo pestilente, la comida insípida que arrancaba de la tierra, las epidemias que la asolaban, los lamentos de los dragones encerrados... No se daba cuenta de que aquel sentimiento representaba el verdadero triunfo del brujo: era el veneno que había logrado inocular en el alma de los dragones, hambrientos y asustados después de tantos maltratos.

Uruk veía cómo el árbol familiar se agostaba un poco más cada verano, y bebía con disgusto el agua del manantial que se había vuelto salobre. Llegó a aborrecer su cueva, llena de insectos repulsivos que el brujo había diseminado por doquier.

Una tarde, harto de todo, juró que escaparía a la menor oportunidad, aunque el intento le costara la vida. Se arrodilló ante el árbol familiar y le rogó a la Madre y al Padre de todos los dragones que le dieran valor y suerte en la fuga. No tuvo que esperar mucho.

Una noche de verano se desató una de esas tormentas que ni siquiera la magia puede controlar. Uruk abandonó su gruta bajo aquella tempestad, abriendo las alas para lanzarse al vórtice del huracán. Los vientos lo zarandearon y llegaron a sumergirlo en el mar un par de veces, pero él se las arregló para salir y volver a elevarse en el aire. Tras doce horas interminables, fue lanzado a las costas de una tierra desconocida.

Al principio temió que el vendaval lo hubiera arrojado de nuevo a su isla. Caminó unos pasos sobre la arena y se adentró en el agua hasta los tobillos. Con cuidado examinó los alrededores: la atmósfera era de una pureza cristalina que creía haber olvidado, y una multitud de peces multicolores —ya extintos en las costas de su infancia— juguetearon confiados entre sus escamosas patas. Supo entonces que aquel no era su país: estaba salvado.

Los habitantes del lugar eran dragones igual que él. Al verlo agotado y sucio, se compadecieron de su desgracia y le brindaron albergue y comida. Uruk comió durante dos horas sin respirar y, cuando terminó, contó lo que le había ocurrido; pero la historia era tan extraña que nadie le creyó. ¿Por qué no se defendían los dragones?, le preguntaron al náufrago. ¿Por qué no se rebelaban contra el brujo? ¿Qué les impedía escapar? ¿Por qué no protestaban a coro?

Las preguntas lo dejaban perplejo porque, aunque reconocía su lógica, resultaba imposible explicar lo que era el Terror a quienes nunca lo habían padecido. Por eso supo que sería difícil contestarles. ¿Cómo hacerles entender a aquellos dragones que era obligatorio asentir cuando el hechicero ordenaba algo? ¿Cómo convencerlos de que una sola palabra de duda bastaba para que el rebelde terminara carbonizado bajo su ira? Es cierto que muchos habían preferido morir, pero Uruk amaba demasiado la vida y siempre guardó la esperanza de que, tarde o temprano, las cosas cambiarían y él podría regresar a sus atardeceres llenos de fábulas y puestas de sol.

Los dragones observaron a Uruk, mientras éste meditaba en silencio sobre su extraña situación. «Tal vez esté un poco loco y por eso inventa esas historias», comentaron entre sí. De cualquier manera, sospecharon que algo terrible debía de haberle ocurrido a aquel dragón para que hubiera llegado en esas condiciones. Así es que le permitieron quedarse entre ellos, sin atormentarlo con más preguntas.

Uruk se juró que nunca regresaría al sitio donde había padecido tanto. A partir de entonces se alimentó bien, se mudó a una estupenda cueva y se rodeó de libros hermosos, llenos de leyendas y de ilustraciones en colores. Poco a poco fue recobrando la paz y la salud: brillantes y fuertes escamas sustituyeron a las anteriores, debilitadas por meses de hambruna, y nuevos proyectos crecieron en su mente.

Pero el tiempo pasó y, sin que se diera cuenta, su espíritu comenzó a sufrir ciertos cambios. A sus recuerdos acudía la imagen del limonero que crecía junto a su antigua cueva; sus fosas nasales le traían el aroma de la cocina materna; y en sus sueños resonaron las risas de su infancia, cuando chapoteaba junto a otros dragones en la espuma de aquel mar inigualablemente verde que no se parecía a ningún otro mar del mundo.

Uruk había enfermado de nostalgia: un mal que ni siquiera podían curar los dragones chinos, tan expertos en milagros. Cada tarde sentía con mayor fuerza el llamado de su isla. Le parecía oír gritar a sus aves moribundas, veía el sol que rodaba sobre los montes como una pelota cálida y juguetona, sus campos interminables, y recordaba a los amigos que desfallecían de hambre y soledad... Y una clara mañana de verano no pudo más. Sin pensarlo dos veces, levantó el vuelo para ver de lejos, perdida entre las brumas del horizonte, la silueta irregular de sus costas.

Y de pronto lo supo: iba a regresar. No sabía cómo ni cuándo, pero algo en el viento le dijo que los días del brujo estaban contados. Escuchó con más atención y se dio cuenta del origen del murmullo: era la voz de la isla. La brisa del mar arrastraba sus quejidos furiosos, su rabia única, la potencia de su ira a punto de estallar...

Sus ojos se llenaron de lágrimas cuando sintió la oleada del maleficio que llegaba hasta él, incluso desde esa distancia. Sin embargo, tuvo la certeza de que su isla sobreviviría. Tal vez nunca volviera a ser la misma, pero en algún rincón de esa barbarie se escondía el alma de sus antepasados; y supo, como nunca antes, que él pertenecía a ese trozo de suelo perdido en medio del mar.

«Un dragón siempre regresa al lugar donde nació», susurró en su memoria el antiguo proverbio.

«Algún día», sollozó contemplando el horizonte. «Algún día...».

Sombra hechizada

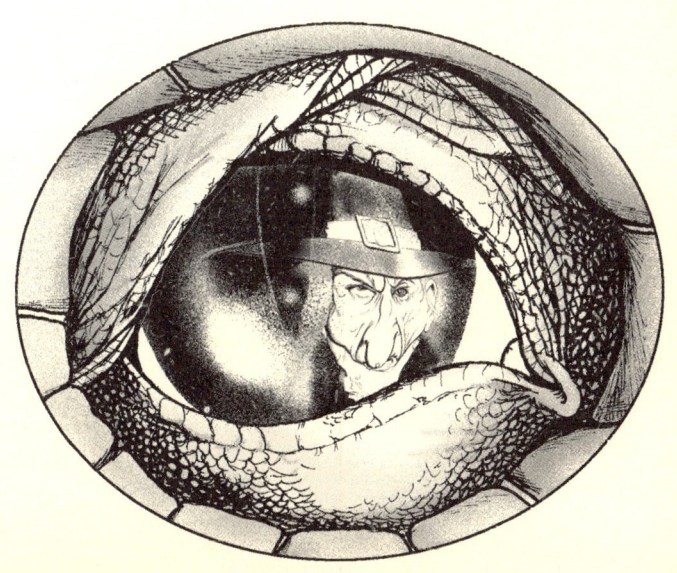

*Gozar de la sabiduría: he ahí el mejor regalo
que otorga la inteligencia.
Buscar una luz en las tinieblas:
no existe deleite mayor.
La caza de la perfección no es dolorosa,
como aseguran muchos. Y, si lo es, pertenece al
terreno de los placeres infernales.*

MIRENA era una bruja que vivía con una obsesión: hacer desaparecer su sombra. Sabía que aquella mancha oscura que la acompañaba a todas partes podía ser utilizada por otros en contra suya.

Mirena consultó su bola mágica.

—¿Qué debo hacer para librarme de ella? —preguntó.

Y la esfera dijo:

—Nadie se interesa ya por las sombras de sus semejantes; pero si, de cualquier modo, quieres deshacerte de la tuya, sólo tienes una alternativa: caza un dragón blanco.

—¿De dónde voy a sacarlo? —repuso Mirena—. ¿No podría ser uno verde o marrón?

—No —respondió la esfera de cristal—. Debe ser blanco, porque blancos son los Dragones del

Saber, y solamente ellos tienen poder para vencer lo Oscuro.

—¿Y qué hago con él?

—Cuando lo domestiques, toma su corazón y baña con su sangre los contornos de tu sombra. Sólo así, ésta desaparecerá.

Mirena se dedicó a buscar el sitio donde podría hallar un dragón blanco: cuestión nada fácil, pues en sus quinientos años de vida jamás había visto ninguno.

Durante mucho tiempo viajó por el aire con su escoba, en dirección a los confines del mundo. Prefería volar de noche, pues sabía que esos animales despiden fosforescencias y, por ello, supuso que serían más visibles en las tinieblas.

Cierta noche, poco antes del amanecer, distinguió en el fondo de un acantilado la silueta de un dragón. Era tan blanco que todo el valle se iluminaba con su fulgor, semejante a la luz de muchos soles lejanos.

Mirena maniobró su escoba en dirección a las profundidades. Cuando llegó a tierra, la sobrecogió el silencio del lugar. Los árboles formaban una maleza tupida que sólo dejaba entrever el resplandor de la criatura. Ella recostó la escoba al tronco de un roble y avanzó de puntillas, apartando las ramas que dificultaban el camino.

El dragón dormía, mientras sus párpados temblaban por algún sueño premonitorio. La mujer se acercó sin hacer ruido y, de pronto, el animal despertó.

Mirena alzó las manos para invocar el conjuro de la obediencia, pero su mirada tropezó con aquellas pupilas de fuego. El rostro del dragón era terrible y hermoso, feroz y tierno, helado y ardiente...

Era el rostro de la vida y el rostro del abismo. Era angustia y esperanza. Era secreto y hechizo.

Mirena dio media vuelta y regresó al árbol donde había dejado su escoba.

La luz del sol comenzaba a bañar las cumbres de los picos más altos, y la tierra se iba cubriendo de sombras violetas.

La bruja emprendió el regreso.

Mientras se elevaba, observó al dragón que ya dormía de nuevo: su silueta plateada y su cola en torno a un jarrón de oro. Y también vio desde el aire su propia sombra de bruja. Ahora era un charco de fuego que refulgía sobre la tierra como un puñado de diamantes, porque ya su dueña había visto de frente el rostro del dragón, que era el rostro de la verdad, y ella estaba llena de luz.

El hombre con el rostro de plata

*Toda historia de amor lleva algo de dolor.
La magia consiste en mezclar sensaciones
opuestas: dicha y temor, odio y ternura...
Todos saben que un Bien puede
transformarse en Mal, a veces por un simple
desdoblamiento de las intenciones, otras
debido a una interpretación equívoca.
De amor y dolor está escrito
el libro de la historia humana; también su mitología,
sea pasada o futura.
Toda historia de dolor lleva algo de amor.
Y sin eso, toda epopeya es falsa.*

OTRA más, pensó el sacerdote mientras veía caer la estrella. Era la tercera en esa semana. Un augurio.

Abandonó la terraza del observatorio y bajó por las escaleras secretas que lo llevaron hasta un largo corredor. Volvió a subir cientos de escalones y, de improviso, se encontró en la cima de la pirámide. Se acercó al altar. Allí estaba la joya de fulgor lácteo que avisaba de la llegada de los milagros; la prenda que guiaba los designios de su casta; la roca preciosa, símbolo de su pueblo; la que aseguraba la permanencia del animal sagrado entre ellos; la piedra del dragón. Ninguna anomalía revelaban sus aristas. Era extraño.

Bajó de nuevo los escalones y salió al aire libre. La gente susurraba inquieta. Muchos habían visto el fenómeno. El sacerdote decidió irse a dormir.

A la mañana siguiente fue despertado por un murmullo. Era como si toda la ciudad mascullara sus rezos al mismo tiempo. Se vistió aprisa. Allá afuera vio un prodigio.

Una esfera de plata gigantesca, de contornos pulidos y perfectos, había sido abandonada en medio de la plaza. Cien hombres trataron de moverla, empujando al unísono, y no lograron hacerla oscilar siquiera. Parecía clavada en el suelo.

A medida que pasaban las horas, el rumor se extendió, y caravanas de viajeros se desviaban de su ruta para ver de cerca aquel portento. Cuando cayó la tarde, el objeto semejante a un huevo pareció estremecerse; unos ruidos escaparon de su interior y la multitud retrocedió. En lo alto de la esfera surgió un orificio. Una criatura emergió de sus entrañas: semejaba un hombre, pero no lo era. Su piel era brillante como la superficie de la luna; sólo sus manos mostraban un color rosáceo pálido. Tenía dos rostros: uno externo y otro interno. El externo parecía hecho de agua dura y transparente que refulgía como la plata. El interno se asemejaba al de cualquier otro hombre; sólo que su piel era más blanca, sus cabellos como el sol de la tarde, y sus ojos como la luz del cielo... Era bello y extravagante a la vez. Comenzó a hablar, y su voz fue el rugido del leopardo y la caída de las aguas y el huracán del mundo. Tronaba y cantaba como un dios.

Los hombres comprendieron: el recién llegado era un dios. Compararon el brillo del huevo del cual había surgido con los rayos del planeta matutino: tenían la misma luminosidad. El dios era hijo de Tlahuizcalpantecutli, la Estrella de la Mañana.

El sacerdote lo llevó al altar donde fulguraba la

piedra de los prodigios. Al verla, el dios se prendó de ella.

—Quiero esa joya —dijo en un idioma inaudible, que sólo se escuchó dentro de las cabezas.

—Oh, venerable —respondió el sacerdote en el mismo lenguaje silencioso—, pídenos cualquier cosa: un trono de oro macizo, mil mantos de quetzal, o el corazón sangrante de una doncella; pero no nos pidas la piedra del dragón. Si te la llevas, la bestia sagrada se irá tras ella y nuestro pueblo perderá su poder.

—¿Dragón? —le llegaron los pensamientos del dios—. ¿Qué es un dragón?

Y el sacerdote gritó al viento:

—¡Xolotl! ¡Xolotl!

Y el Templo de la Luna tembló. Un bramido de naturaleza primigenia estremeció los montes. Y una criatura de fauces llameantes, cola de serpiente y garras de fiera, sacudió sus alas y saltó a la brisa. La multitud, aterrada, buscó refugio en sus casas; y hasta el mismo sacerdote, custodio del animal, se tiró de bruces sobre el suelo.

El dios permaneció sin hablar durante mucho rato, mientras observaba las evoluciones aéreas de aquella bestia furiosa. Todos creyeron que él también se había asustado; pero se equivocaban. Las ideas bullían dentro de la cabeza del dios y llegaban a las mentes de los hombres que lo rodeaban. Eran ideas confusas y espléndidas, pues el dios pensaba que jamás había visto algo tan bello y terrible.

—Les mostraré mis secretos —juró con solemnidad—. Les enseñaré cómo sacar medicinas de las plantas, cómo trabajar los metales, y cómo fabricar telas maravillosas.

Pero el sacerdote movió la cabeza en señal negativa.

—Tarde llegas —respondió en su mente—. Conocemos yerbas para espantar la muerte; nuestros herreros tejen encajes con el oro, la plata y el cobre; y nuestras mujeres son hábiles en reproducir el mundo sobre lienzos de mil colores.

El dios meditó unos instantes.

—Muy bien —dijo entonces—. Les mostraré el principio y el fin de los tiempos... ¿Sería ése un buen precio?

—No es prudente conocer el futuro —advirtió el sacerdote—. La vida debe transcurrir paso a paso.

Pero el resto se mostró de acuerdo y pidieron al dios que les mostrara el comienzo y el final del imperio.

El dios abrió su mente y todos vieron escenas de un pasado remoto, donde cataclismos planetarios y reinos sumergidos en las aguas oceánicas daban paso a la huida de algunos sobrevivientes hasta la costa. También vieron la llegada de unos hombres con cabellos de oro y rostros pálidos y cuerpos cubiertos de metal bruñido.

—El dios regresará con los suyos —dijeron en voz alta, interpretando a su modo las imágenes—. Traerá de vuelta la piedra y el animal sagrado.

Y entregaron la joya al hijo del Tlahuizcalpantecutli, la Estrella de la Mañana, que marchó con ella a su huevo de plata. Y Xolotl, el dragón del Templo de la Luna, descendió de las nubes hasta el orificio abierto en el objeto y desapareció adentro.

Con un resplandor terrible, la esfera salió despedida en dirección a las alturas. Dentro de ella, el

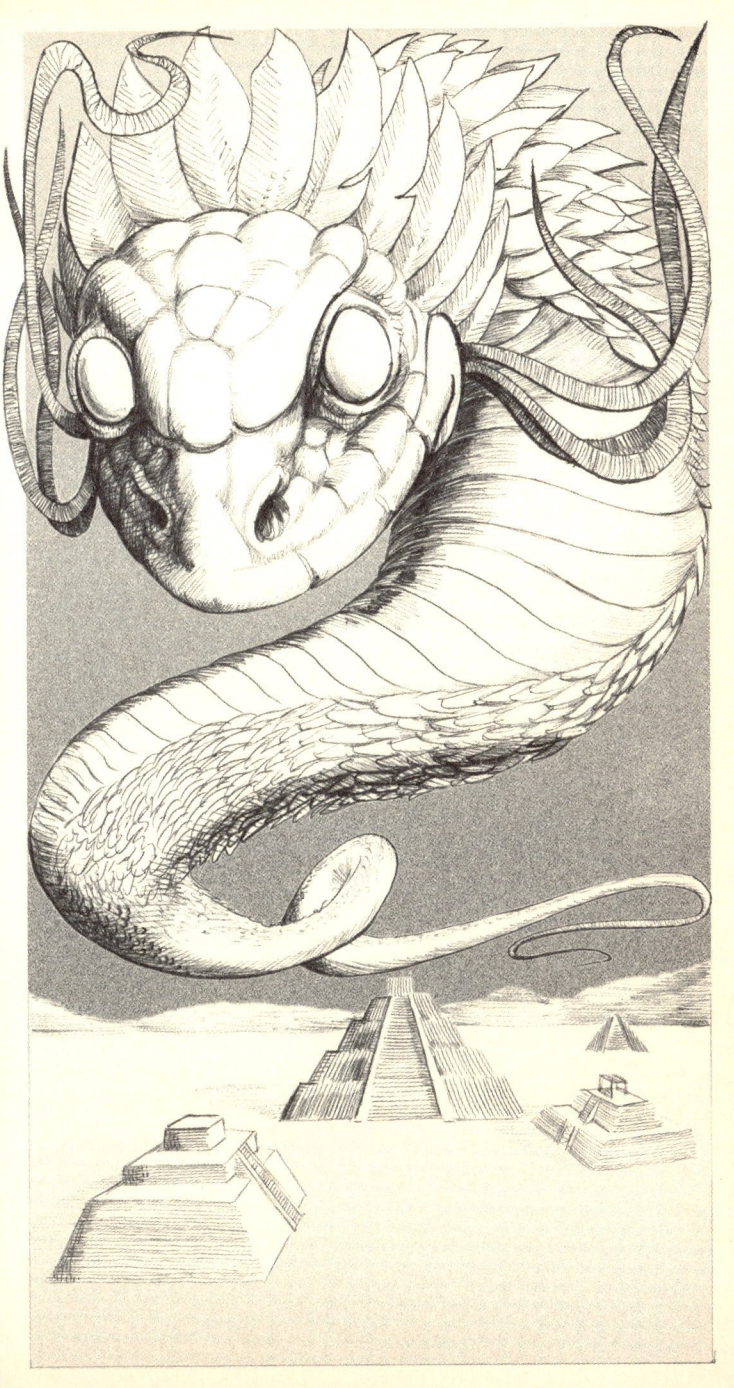

hombre con el rostro de plata sonrió. Llevaba un hermoso regalo para los suyos: una bestia nacida en otro mundo que podría comunicarse con ellos a través de sus pensamientos; cosa que jamás habían imaginado sus dueños, carentes de esa posibilidad. A cambio, él les dejaba un valioso mensaje: conociendo su futuro, evitarían la destrucción de aquel fastuoso imperio. Los guerreros blancos no podrían conquistar la nación, ya prevenida...

Todo el reino conoció la historia del dios parecido a la Estrella de la Mañana, que había regresado al cielo en su huevo de plata. Y los hijos de quienes vieron aquel prodigio inventaron nuevas leyendas y olvidaron al dragón y su piedra. Sólo hablaban del dios, cuya imagen confundían con la de su dragón, que era como una serpiente alada, y que algún día regresaría para implantar un nuevo reino en esas tierras.

Pasaron muchos siglos, y llegaron unos cascarones que flotaban sobre el mar. En ellos venían seres de rostros pálidos y cabellos como el oro, de ropas bruñidas como el metal. Pero no eran los hermanos del dios. No hablaban aquella lengua divina que podía penetrar en las mentes de los niños y de las fieras. No llevaban el conocimiento del futuro en sus pensamientos. Y no traían consigo la joya del dragón; sólo unas fauces metálicas que arrojaban rayos y rezos, y tinieblas y encierro, y dolor y final.

El guardián de los molinos

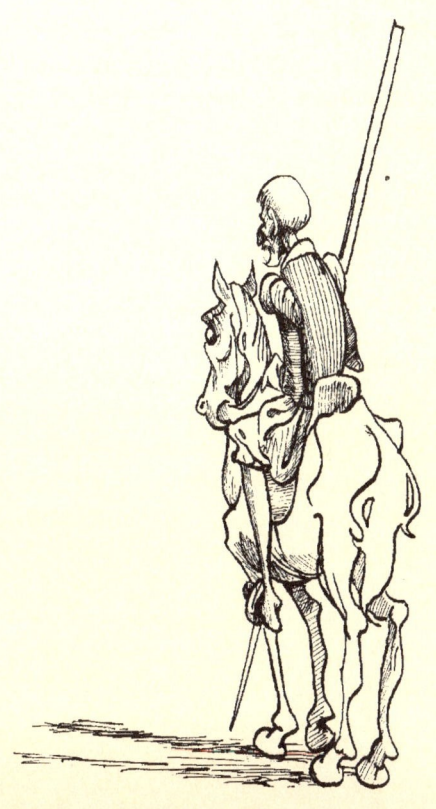

*El corazón humano, como el de un dragón,
necesita de luz si no quiere morir.
Con esa claridad del alma vemos lo invisible,
tocamos lo que no se puede palpar,
escuchamos lo inaudible...
Pero un día los hombres empezaron a mirar
el universo con indiferencia. Sabían de magia,
pero pocos se acordaban de ella, y estuvieron a
punto de perder el arte de ver lo invisible.
Fue un dragón quien ayudó a rescatar ese milagro;
y todo, gracias a la pasión de un peregrino.*

EN un lugar de cuyo nombre no quiero acordarme, vivía un dragón a quien le gustaba, más que nada, batir sus alas al atardecer para mover las aspas de los molinos.

Como todos saben, los dragones son invisibles para la especie humana. Antes no. Cualquiera podía avistarlos en pleno vuelo. Pero llegó un tiempo en que los hombres y las mujeres, demasiado ocupados en sembrar riquezas, perdieron el poder de verlos. Sólo si algún humano visitaba un lugar solitario y prestaba atención al rumor de la brisa, podía escuchar el susurro de sus alas, la alegría de sus baladas o ese raro chisporroteo que es su risa.

El dragón de nuestra historia era muy viejo, tan viejo que era el único que sabía la historia de aquellos molinos, porque su propio nacimiento había estado vinculado a ellos.

Cientos de años atrás, una raza de gigantes había asolado la región. Muchos humanos escaparon a otras comarcas, pero hubo quienes decidieron enfrentarse a ellos. Sin embargo, la lucha era desigual; nadie contaba con la fuerza de los gigantes que, poco a poco, empezaron a destruir aquel país de largos inviernos y veranos ardientes. Tras muchas discusiones, sus habitantes decidieron pedir ayuda a un hechicero.

—Voy a ayudarlos —fue la respuesta del mago—, pero a cambio de un pago.

—Cualquier cosa, con tal de que nos libres de esta plaga —dijeron los aldeanos.

—Quiero el huevo del dragón.

Un silencio helado recorrió la multitud. Ese huevo era el mayor tesoro del pueblo, que aguardaba la llegada de la bestia cristalina que se incubaba en sus entrañas; y quienes asistieran a su nacimiento y respiraran los vapores del huevo, recibirían el don de la inmortalidad. Regalarlo significaba renunciar a la vida eterna, pero —tal como estaban las cosas— no quedaba otra alternativa.

A la mañana siguiente, la llanura amaneció cubierta de molinos altos como columnas de humo. Los hombres miraron en todas direcciones: ni rastro de los gigantes. Observaron el paisaje con más atención. ¿De dónde habrían salido tan curiosas torretas que movían sus aspas bajo el soplo de la brisa? El hechicero les reveló que los molinos eran los gigantes a quienes él había embrujado.

La noticia corrió como incendio en bosque seco. El huevo del dragón fue entregado al mago. Y no es de extrañar que los festejos duraran tres semanas seguidas. Semejante jolgorio llenó de satisfacción al brujo, pues ya se sabe lo importante que resulta para ellos el reconocimiento de sus esfuerzos.

Con el tiempo, la gente empezó a olvidar. Los habitantes de la comarca se dedicaron a construir más cabañas y haciendas, más puentes y graneros; y la llanura se pobló de nuevos molinos que se confundieron con los antiguos. Al final no sólo olvidaron la existencia del brujo, sino que osaron burlarse de la antigua leyenda.

Fue el propio dragón, nacido de aquel huevo entregado al mago, quien le llevó la noticia.

—Dicen que los hechizos no existen —recitó el animal en su lengua de ventisca—. Dicen que eres un invento de viejas. Dicen que en las noches de luna no hay misterios, sino frío y oscuridad.

El mago podía soportarlo todo, menos la ingratitud y el olvido.

—Muy bien —pronunció su veredicto—. Desde hoy, el alma de los hombres quedará ciega.

Y así fue. De un día para otro, los seres humanos dejaron de entender la belleza de una mañana neblinosa y el esplendor de la luna cuando esparce su luz como miel celeste sobre los prados. Se convirtieron en criaturas sordas para las pisadas de los trasgos y para el canto de las hadas. Y la tristeza los invadió, porque ninguno podía recordar la época en que los duendes salían a ayudarles en sus labores de pastoreo, o las noches en que las meigas derramaban sus hechizos sobre las comarcas lluviosas.

Sólo el dragón de aire parecía ajeno a la tragedia. Felizmente recorría los cielos, soplando a los cuatro vientos su risa de campanas que nadie podía oír, y agitando las aspas de los molinos que otrora fueran gigantes. En aquel mundo que confundía la sombra de un dragón con nubarrones henchidos de lluvia, él era una criatura libre.

Una tarde, mientras retozaba en el agua de una fuente, escuchó la conversación de dos mozas que llenaban sus cántaros.

—Se ha vuelto loco —le confiaba la más morena a la otra—. Dice que el aire está lleno de seres invisibles, y que él puede escuchar sus alas.

—Quizás se burla de ustedes —dijo la de piel nevada.

—Ese sería mi deseo, pero estoy segura de que ese hombre ha perdido el juicio. No hace más que hablar de encantamientos y de dragones y de brujos de malas artes.

No es difícil imaginar la sorpresa del dragón. Sin pensarlo dos veces, voló hasta la peña donde vivía el mago.

—Eso es imposible —le aseguró éste, apenas conoció la noticia—. Los humanos ya no tienen la Visión. No pueden sentir la magia.

—Quizá este hombre es diferente.

—Y si fuera así, ¿qué?

—Te lo ruego —pidió el animal invisible—, levanta el hechizo. Sólo por el hombre que cree en nosotros.

—¿Y por qué habría de hacer semejante cosa?

—Si existe un hombre que defienda sus sueños contra el resto del mundo, eso significa que aún hay esperanza. Significa que el alma humana, a pesar de todo, sigue viva.

El hechicero quedó pensativo unos momentos.

—Ve a la llanura —ordenó finalmente a su mascota—. Averigua si es cierto lo que escuchaste;

y si encuentras a esa criatura que todavía cree en nosotros, borraré la maldición que nubla el alma de los hombres.

Partió raudo el dragón, remontándose en el espacio con sus alas cristalinas. Y mientras volaba, iba observando a quienes deambulaban por la comarca: algunos, inclinados sobre sus campos de legumbres; otros, llevando carretones repletos de vasijas para vender en el mercado; ninguno consciente de su presencia.

De pronto, la bestezuela advirtió algo inusual que la hizo detenerse en pleno vuelo: una de aquellas figuras había vuelto su rostro al cielo, como si percibiera su paso. A juzgar por su atuendo, era un peregrino; por lo menos, no recordaba haber visto jamás a un lugareño vestido de tal suerte.

—¿Puedes verme? —preguntó el dragón con un susurro disfrazado de brisa, para comprobar si era capaz de oírlo.

—No —contestó el desconocido—, pero el viento canta en mis oídos cuando pasas.

—¿Sabes quién soy?

—Uno de esos seres que habita en las regiones del éter.

—¿Qué haces vestido de tan extraña manera?

—Me felicito por mi buena suerte.

—¿Buena suerte? —repitió el dragón, observando la oxidada armadura que cubría los harapos del peregrino.

—La suerte guía mis asuntos mejor que mis propios deseos.

—No entiendo.

—Si te fijas, allí se ven treinta o más gigantes con quienes pienso batallar.

Frente a ellos se alzaban los antiguos molinos donde el brujo encerrara el espíritu de cada gigante..., algo que sólo era posible ver con los ojos del alma.

El dragón intentó hacerse el tonto.

—¿Qué gigantes? —preguntó.

—Esos que allí ves —respondió el peregrino—, con sus brazos larguísimos.

El dragón se estremeció ante la mirada del hombre. Había una luz distinta en sus ojos, pero se sobrepuso al hechizo.

—Aquéllos no son gigantes —replicó—, sino molinos. Y lo que aparentan ser sus brazos son las aspas que giran con el viento.

Un grupo de aldeanos que pasaba cerca se detuvo a observar al desconocido, que parecía hablar con la nada.

—Bien se ve que no estáis acostumbrado a las aventuras —dijo el caballero, sin fijarse en los intrusos—. Ésos son gigantes, y si tenéis miedo, apartaos de mi camino, que voy a enfrentarlos en desigual batalla.

Y diciendo esto, tomó del suelo una lanza y cargó contra uno de los molinos, dentro del cual se agitaba un feroz gigante dispuesto a ofrecer combate.

La concurrencia rió a carcajadas cuando el caballero saltó por los aires, embestido por una de las aspas donde se había enredado la punta del arma. Únicamente un cobrador de impuestos, paseante casual por la zona, no se regocijó ante tan lamentable derrota. Se veía de veras conmovido por el empeño del hombre que insistía en luchar contra aquel enemigo poderoso y, a todas luces, indestructible.

Sin poder controlar su nerviosismo, el dragón agitó sus alas y un golpe de brisa movió las aspas de los molinos.

—No huyáis, viles cobardes —gritó el hombre, creyendo que éstos querían escapar—. Es sólo un caballero solitario quien os acomete.

Hartos de tanto delirio, los lugareños se alejaron. Sólo el cobrador de impuestos permaneció en su sitio, observando los ademanes del hidalgo y atento a cierto rumor cuyo origen no lograba definir. Él no podía saberlo, pero ese rumor eran las palabras del dragón.

—¿No le dije a su Ilustrísima que ésos eran molinos? —preguntó el animal.

—Que no lo son —respondió el otro, sin darse por vencido—. Estoy seguro de que alguien ha transformado a esos gigantes en molinos para robarme la gloria de castigarlos por mi propia mano.

—Que sea lo que Dios quiera —susurró el dragón, emocionado por la noticia que le llevaría a su amo.

A tiempo levantó el hechizo, porque ya los duendes, las hadas y el resto de las criaturas mágicas se habían retirado a su reino subterráneo. También los dragones terminaban su reinado sobre el mundo y dejaban sus antiguas tierras a quienes hoy las habitan. Pero gracias a la luz que ardía en el alma de un caballero, su recuerdo sobrevivió.

Poco a poco renacieron entre las fábulas, volvieron a florecer en los mitos, y las bibliotecas se llenaron con historias maravillosas escritas por los propios seres humanos. Y el primero en hacerlo fue el cobrador de impuestos, que narró en un libro las aventuras del intrépido hidalgo que por el mundo iba deshaciendo entuertos y cuya silueta todavía puede verse en la llanura durante ciertas noches en que los hechizos de las meigas cobran fuerza...

ESPASA JUVENIL

ÚLTIMOS TÍTULOS PUBLICADOS

96
EN UN LUGAR DE LA MEMORIA.
ANTOLOGÍA DE LA NOVELA ESPAÑOLA
AUTOR: JOSÉ MARÍA PLAZA
ILUSTRADOR: PABLO AMARGO

97
LLAMÉ AL CIELO Y NO ME OYÓ.
ANTOLOGÍA DEL TEATRO ESPAÑOL
AUTOR: JOSÉ MARÍA PLAZA
ILUSTRADOR: PABLO AMARGO

98
¡NO PASARÁN! EL VIDEOJUEGO
AUTOR: CHRISTIAN LEHMANN

99
LOCO POR TI
AUTORA: GABRIELA KESELMAN
ILUSTRADORA: MONTSE GINESTA

100
¡VA DE CUENTOS!
EDICIÓN ESPECIAL
AUTORES: 25
ILUSTRADORES: 25

101
¿QUIÉN LO HIZO?
AUTOR: FRANCISCO PÉREZ ABELLÁN

102
LOS BANDIDOS DEL MAR.
BREVE HISTORIA DE LA PIRATERÍA
AUTOR: SEVE CALLEJA
ILUSTRADOR: JOSE A. TELLAETXE

103
EL POZO DEL DIABLO
AUTOR: MANUEL L. ALONSO
ILUSTRADORA: ANA L. ESCRIVÁ

104
¡QUÉ CORNUCOPIA!
AUTORA: PALOMA BORDONS
ILUSTRACIONES DE LA AUTORA

105
MIGUELÓN
AUTORA: ANA MARÍA MOIX
ILUSTRADORA: ALICIA CAÑAS

106
ARTURO Y LOS CABALLEROS DE LA TABLA REDONDA
AUTORA: JACQUELINE MIRANDE
ILUSTRADOR: PABLO TORRECILLA

107
ANASTASIA «ASUSÓRDENES»
AUTORA: LOIS LOWRY
ILUSTRADOR: JUAN RAMÓN ALONSO

108
EL BOSQUE DE PIEDRA
AUTOR: FERNANDO ALONSO
ILUSTRADOR: JUAN RAMÓN ALONSO

109
EL LIBRO DE LOS ERRORES
AUTOR: GIANNI RODARI
ILUSTRADOR: FERNANDO GÓMEZ

110
LA FLECHA NEGRA
AUTOR: ROBERT LOUIS STEVENSON

111
LA HISTORIA DE NADIE Y OTROS CUENTOS
AUTOR: CHARLES DICKENS

112
EL FANTASMA DE LA ÓPERA
AUTOR: GASTON LEROUX

113
SUEÑO Y VERDAD DE AMÉRICA
AUTOR: CIRO ALEGRÍA

114
EL CLUB DE LOS ASESINOS LIMPIOS
AUTORA: BLANCA ÁLVAREZ

115
EL ABUELO MISTERIOSO
AUTORA: CHRISTINE NÖSTLINGER

116
CUENTOS SOBRE LOS ORÍGENES
VARIOS AUTORES
ILUSTRADORA: MABEL PIÉROLA

117
CUENTOS DE ANIMALES
VARIOS AUTORES
ILUSTRADORA: MABEL PIÉROLA

118
CUENTOS DE ENCANTAMIENTOS
VARIOS AUTORES
ILUSTRADORA: MABEL PIÉROLA

119
CUENTOS DE INGENIOS Y OTRAS TRAMPAS
VARIOS AUTORES
ILUSTRADORA: MABEL PIÉROLA

120
¡RING! ¡RING!
AUTORA: MONTSERRAT DEL AMO
ILUSTRADORA: ANA AZPEITIA

121
LA MIRONA (THE WATCHER)
AUTOR: JAMES HOWE

122
NO LEAS ESTE LIBRO
AUTOR: CARLOS PUERTO
ILUSTRADORA: ALICIA CAÑAS

123
LA MONTAÑA DE LOS HONGOS DORADOS
AUTOR: JOSÉ LUIS OLAIZOLA
ILUSTRADORA: STEFANIE SAILE

124
LAS DUNAS AZULES
AUTORA: YOLANDA GONZÁLEZ

125
CUENTOS DE LOS MARES DEL SUR
AUTOR: ROBERT LOUIS STEVENSON

126
ANASTASIA ESTÁ AL MANDO
AUTORA: LOIS LOWRY
ILUSTRADOR: JUAN RAMÓN ALONSO

127
TRES (HISTORIAS DE TERROR)
AUTOR: JORDI SIERRA I FABRA
ILUSTRADOR: FERNANDO GÓMEZ

128
LA ABUELA SECUESTRADA
AUTORA: HAZEL TOWNSON
ILUSTRADOR: PHILIPPE DUPASQUIER

129
MIS PRIMOS ESTÁN LOCOS
AUTOR: JOSÉ MARÍA PLAZA
ILUSTRADOR: PABLO AMARGO

130
RAMONA LA VALIENTE
AUTORA: BEVERLY CLEARY
ILUSTRADOR: JUAN RAMÓN ALONSO

131
CUENTOS Y LEYENDAS DE ÁFRICA
AUTOR: YVES PINGUILLY
ILUSTRADOR: PABLO ALONSO

132
ROMANCES DE ESPAÑA
AUTOR: RAMÓN MENÉNDEZ PIDAL
ILUSTRADORA: VICTORIA PÉREZ ESCRIVÁ

133
ANTOLOGÍA LITERARIA
AUTOR: RAMÓN DEL VALLE-INCLÁN
ILUSTRADOR: PABLO AMARGO

134
EL MISTERIO DEL PÉNDULO
AUTORA: ISABEL CÓRDOVA
ILUSTRADOR: JUAN RAMÓN ALONSO

135
VALERIA
AUTORA: GABRIELA KESELMAN
ILUSTRADORA: ANA AZPEITIA

136
LA AVENTURA DEL TEATRO
AUTOR: LUIS MATILLA
ILUSTRADORA: STEFANIE SAILE

137
FINISTERRE Y LOS PIRATAS
AUTORA: GEMMA LIENAS
ILUSTRADOR: JORDI VALBUENA

138
FINISTERRE Y EL MENSAJERO
AUTORA: GEMMA LIENAS
ILUSTRADOR: JORDI VALBUENA

139
LOS CAMINOS DEL MIEDO
AUTOR: JOAN MANUEL GISBERT
ILUSTRADOR: JUAN RAMÓN ALONSO

140
LAS TORMENTAS DEL MAR EMBOTELLADO
AUTOR: IGNACIO PADILLA
ILUSTRADORA: ANA OCHOA

141
¿QUIÉN VA A ESCRIBIRTE A TI?
AUTOR: SEVE CALLEJA
ILUSTRADORA: CARMEN GARCÍA IGLESIAS

142
EL JINETE DEL SOL.
EL PRIMER WESTERN VEGETARIANO
AUTOR: R. L. HARDMAN